Barthle B. Boss

EXTRABLATT

Nachrichten aus dem „Haus Seelenfrieden"

AF215178

Barthle B. Boss

EXTRABLATT

Nachrichten aus dem „Haus Seelenfrieden"

Bibliografische Information der Deutschen National-bibliothek:
Die Deutsche Nationalbibliothek verzeichnet diese Publikation in der Deutschen Nationalbibliografie; detaillierte bibliografische Daten sind im Internet über http://dnb.dnb.de abrufbar.

Illustration: **Barthle B. Boss, Kurai**

Herstellung und Verlag: BoD – Books on Demand, Norderstedt
ISBN 9783849465545

4

EXTRABLATT aus dem Haus Seelenfrieden

Du willst es objektiv, aktuell, die Wahrheit, reine Wahrheit und nichts als die Wahrheit? Du magst es investigativ, progressiv und abgrundtief analytisch? Du bist stark genug für echten Qualitätsjournalismus?

Dann sei herzlich willkommen bei uns im „Haus Seelenfrieden". Hier erfährst Du die Dinge, die WIRKLICH wichtig sind.

Gelegentliche Abweichungen von der Realität, Ähnlichkeiten mit lebenden Personen und künstlerische Freiheiten können nicht generell ausgeschlossen werden. Aber wahrscheinlich handelt es sich dann um reine Zufälle (oder auch nicht – Klammer zu).

Pulitzerpreisverdächtige Grüße

Prof. Dr. Dr. Doom - „Haus Seelenfrieden"

EXTRABLATT aus dem Haus Seelenfrieden

Kultur aktuell: Rock gegen rechts

03.09.2018

Am 26. August 2018 war am Rande des Chemnitzer Stadtfestes der 35-jährige Daniel H. erstochen worden. Der Tat verdächtigt wurden ein Syrer und ein Iraker. Es kam es in Folge zu spontanen Protestmaßnahmen der empörten Bevölkerung. Die Reaktion der hohen Obrigkeit vor Ort kam prompt und spektakulär. Ruhe ist des Bürgers höchste Pflicht. Und die Chemnitzer haben dagegen verstoßen. Da stellt sich doch die Frage: Chemnitzer! Dürft Ihr das?

Die Antwort aus der Politik war eindeutig: Nein! Dürft Ihr nicht. Wo kämen wir denn da hin, wenn jeder ungefragt seine Meinung kundtun würde?

Eine großzügige Finanzierung der Party aus Zwangsabgabegeldern der GEZ machte „Rock gegen rechts" möglich. Dank feingeistiger Musik-Kultur mit Einwort-Lyrik der sensiblen und empathischen Art fühlten sich Darsteller aus einer eher unkonventionellen Musik-Szene berufen, frischen Wind in die deutsche Kulturlandschaft zu bringen. Die Textinhalte zeigten, wie sehr doch die Welt, insbesondere Chemnitz, voller Nazis sind. Was außer Hörschäden haben wir noch von den fast schon kuschelwütigen Lyric-Berserkern der anderen Art noch zu erhoffen? Wird man auch künftig auf Bürgerkosten Events spendieren, um dem gemeinen Volk die Hochkultur gegrunzten Lied- und Textgutes anzuerziehen?

Der Musikerverband „Guter Ton" empfiehlt, den Verkauf von Stahlwaren in Deutschland drastisch zu for-

6

cieren, damit auch kleinere Orte endlich in den Genuss von Gratis-Hochleistungskultur kommen können.

Der Wirtschaftsverbund Solingen sieht den Vorschlag als positiven Beitrag zur Belebung der heimischen Infrastruktur. Auch integrativ kann es von Vorteil sein, ausländische Experten mit Rat und Tat für heikle Themen wie die Handhabung und Reinigung von Stichwaffen hinzuzuziehen.

Als besonders erwähnenswert in Sachen Integration betrachten wir die humoristischen Beiträge altehrwürdiger Veteranen der Musik wie Udo Lindenberg, Herbert Grönemeyer, M. M. Westernhagen oder Sebastian Krumbiegel, die uns zeigen, dass auch Senioren trotz Anzeichens des Abbaus geistiger Leistungen noch immer für einen inspirierenden Lacher gut sind.

Unser besonderer Dank gilt Helene Fischer, die sich nun auch erfolgreich intergiert hat.

Unser weiterer Dank gilt den Mäzenen der schönen Künste wie dem Bundespräsidenten und der Kanzlerin, die nichts unversucht lassen, das Land auch künftig musikalisch zu entnazifizieren.

Der Kommentar: Wo man singt, da lass Dich bloß nicht nieder. Schlechte Sänger singen schlechte Lieder. Aber es wird sicherlich nicht das letzte Mal gewesen sein. Daher könnte eine Investition in Ohrenstöpsel sinnvoll sein.

Professor Dr. Dr. Doom - "Haus Seelenfrieden"

„Extrablatt aus dem Haus Seelenfrieden"

Ägypten, Paris, Macron und die Mumie

03.09.2018

Gerüchten zufolge soll es in Paris zu einem sehr unschönen Vorfall gekommen sein. Es macht den Anschein, als ob extreme ägyptische Traditionalisten widerrechtlich ein Kommando nach Paris geschickt hat, um aus dem Louvre Mumien zu „befreien".

Bei einer Ausstellungseröffnung im Erdgeschoss des Sully-Flügels des Museums stürmte eine schwarz gekleidete und vermummte Söldnertruppe die Räumlichkeiten, in denen sich gerade Präsident Macron, sein Gattin und diverse andere hochgeschätzte Gäste aufhielten. Im Anschluss waren verschiedene Sarkophage und alle Mumien spurlos verschwunden. Zurück blieb nur die aus Diorit gefertigte Statue „Gott Amon, den Tutenchamun beschützend". 2,20 m hoch, 44 cm breit und 78 cm tief sowie ein Bekennerschreiben der „Söhne Tut's".

Es wurde angeblich erwogen, Jean Reno mit der Aufklärung des Attentats und der Rückführung der verschwundenen Kostbarkeiten zu beauftragen. Aber der beliebte Fernsehkommissar war unabkömmlich. Auch Kommissar Juve, der seinerzeit Fantomas so trefflich zugesetzt hatte, stand nicht mehr zur Verfügung.

Der völlig verunsicherter Präsident Macron hat sich geäußert. „Das mit den ägyptischen Mumien will ich noch mal durchgehen lassen! Aber ich will meine Frau zurück." Na ja…wenn er das unbedingt möchte?

Prof. Dr. Dr. Doom - „Haus Seelenfrieden"

EXTRABLATT aus dem Haus Seelenfrieden

Und wieder einmal Chemnitz

04.09.2018

International renommierter Musiker sind von Extremisten massiv unterdrückt und misshandelt worden. Als Schuldige dieser Gräueltat vermutet man Mitglieder der Aktionsfront "Adolf für Deutschland", die nichts unversucht lassen, den demokratischen Rechtsstaat in seinen Grundfesten zu erschüttern.
Kanzlerin und Bundespräsident sind erschüttert und beabsichtigen Kniefälle und Kranzniederlegungen. Die Umbenennung von Chemnitz in Auschnitz alternativ Chemschwitz wird erwogen.
Nie wieder darf eine Konzert-Unterbrechung von deutschem Boden ausgehen. Die Kosten für die Therapien der traumatisierten Künstler erschüttern die Staatsfinanzen. Wo soll das alles enden? Wie werden wir Herren des Chaos? Wir können uns diese Unverfrorenheit nicht länger bieten lassen.
Als erster Schritt könnten ein paar Millionen Steuergelder in die Antifa investiert werden. Mit Gummiknüppeln, Baseballschlägern und Pflastersteinen sollte doch dem Nazi-Pack beizukommen sein? Auch ein schneidiger Gassenhauer „Antifa marschiert" nach der Melodie des guten, alten Horst Wessel Liedes könnte den renitenten Aufrührern Respekt einflößen. Hausarrest für Rentner, Demonstrationsverbote und ein Verbot der AfD könnten der nächste Schritt sein.
Weiterhin ist es höchste Zeit für die Zwangsverchippung, medikamentöse Ruhigstellung und präventive lebenslange Sicherheitsverwahrung der Schuldigen

und potenzieller subversiver Elemente. Die Umwandlung ehemaliger landwirtschaftlicher Flächen in Mecklenburg-Vorpommern als Lager für Unbelehrbare wird in Erwägung gezogen.

Das Wahlgesetz sollte grundlegend verändert werden. Künftig sollten nur noch Bundespolitiker ihre Kompetenzen einbringen und sich selbst wählen dürfen. Beim Bürger hat man ja gesehen, wo es hinführt, wenn es an politischem Sachverstand mangelt. Die Alternative wären vorausgefüllte Wahlzettel der Marke „Easy Wahl".

Ein besonders charmanter Vorschlag: Setzen wir doch endlich die Bundespolizei gegen politisch inkorrekte Elemente ein. 40.000 derzeit quasi arbeitslose ehemalige Grenzschützer wollen endlich wieder tätig werden. Auch die Bundeswehr könnte dienlich sein.

Steuer-Erhöhungen für den innerdeutschen Frieden sind selbstverständlich.

Jeder moralisch unbedenkliche Staatsbürger erbringt das Opfer nur allzu gern.

Für ein buntes Deutschland, in dem wir alle gern und sicher gut leben.

Professor Dr. Dr. Doom - "Haus Seelenfrieden"

„Extrablatt aus dem Haus Seelenfrieden"

Allergien – schlimmer geht nimmer

17.06.2019

Die deutschen Bürger sind allergiegebeutelt. Das mussten Wissenschaftler der medizinischen Fakultät der Universität Hamburg unlängst feststellen.
„Wohin mag auch sieht und hört: Alles voller rotzender Menschen. Es ist eine Plage", kommentierte der Leiter des Forschungsprojekts „Renifler-Geddon", Doktor Ingo Flu. „Die Deutschen schnoddern sich noch zu Tode. Und wir sind erst dabei, die Spitze des Eisbergs zu erkennen!"
Im Interview erfuhren wir, dass es sich bei den neuen Auslösern von Husten, Schnupfen, Übelkeit und Depression nicht um die üblichen Verdächtigen von Wald und Wiese handelt.
„Es begann, wie so oft, mit einem Zufallstreffer", erläuterte der erschüttert wirkende Dr. Flu. „Als wir einen Betriebsausflug nach Berlin mit Besichtigung der Kindl-Brauerei vornahmen, fuhren wir auch am Reichstag vorbei. Bei allen Mitreisenden im Bus kam es spontan zu Nies- und Hustenanfällen. Zwei unserer Mitarbeiter beschlossen, der Sache auf den Grund zu gehen. Nach fünf Minuten im Gebäude mussten sie notärztlich versorgt werden. Es war schrecklich."
Anscheinend reagieren immer mehr Deutsche allergisch auf Politiker, Bankiers, Medien, Idioten, Handys und Religion. Es gibt nur eine Therapie: Die Ursachen müssen abgestellt werden. Schnellstmöglich.

Prof. Dr. Dr. Doom - „Haus Seelenfrieden"

EXTRABLATT aus dem Haus Seelenfrieden

Gesundheitspolitik: Gerupft und ausgenommen

05.09.2018

Rechtzeitig zur kalten Jahreszeit startet die Bundesregierung unter der Leitung von Bundesgesundheitsminister Jens Spahn das Projekt „Weihnachtsgans".

Der SPD-Arbeitskreis „Gerupft und Ausgenommen" billigt ausdrücklich die Vorteile der Maßnahme, welche die intensive Nutzung der „Inneren Ressourcen" der Deutschen mit sich bringen wird. Ebenso wie in der Vergangenheit gilt natürlich der Slogan „Mein Bauch gehört mir". Daran wird sich auch in der Zukunft nichts ändern. Allerdings ist dort ausdrücklich keine Rede von der Füllung und der Verpackung.

Es war längst überfällig, dem Deutschen zu vermitteln, dass seine Organe dem Staat gehören und er nicht einfach unreflektiert und egoistisch darüber verfügen darf, wie es ihm in den Kram passt.

Die Hinweise, dass die Entnahme nur am lebenden Subjekt, nunmehr Objekt, stattfinden kann, sollten nicht überbewertet werden. Nur weil gelegentlich der eine oder andere Hirntote nach längerer Zeit wieder ins Leben zurückgefunden hat, sollte man das sinnvolle und nützliche Projekt nicht gefährden. Außerdem wird alles während der Entnahme mit reichlich Crush-Eis gekühlt. Mit etwas Stimmungsmusik, Alkohol und bunten Hütchen ist das eine gute Basis für eine fröhliche Cocktailparty.

Um eine flächendeckende Entnahme von Innereien zu gewährleisten, werden künftig speziell „Halal"-zertifizierte Schlachtbetriebe für die Frische der Ware garantieren. Derzeit werden Autobahn-Metzgereien erwogen.

Millionen und Abermillionen ungenutzter Organe versprechen der Gesundheitsindustrie volle Auftragsbücher und helfen so, Arbeitsplätze zu schaffen und zu sichern. Die Siechen und Kranken können fröhlich auf das kommende Weihnachtsfest schauen und sich als Weihnachtsgeschenk z.B. eine neue Niere für 50.000.- Euro unter den Baum legen lassen.

Und nun, zur vorweihnachtlichen Einstimmung, ein fröhliches Pro-Entnahme-Weihnachtslied für die kalten Tage:

„Morgen Kinder, wird was geben,
Morgen werden wir uns freun
Ausgeschlachtet wird das Leben
Das Gewissen blütenrein
Leber, Milz und auch das Herz
Schnappt sich Spahn, das ist kein Scherz."

Bitte lesen Sie in einer der kommenden Ausgabe unserer Nachrichten aus dem „Haus Seelenfrieden": Transplantieren für Dummis. Ein Kurs für Hobbychirurgen und solche, die es noch werden wollen.

Professor Dr. Dr. Doom - "Haus Seelenfrieden"

„Extrablatt aus dem Haus Seelenfrieden"

Honig - Frisch gefälscht ums Maul geschmiert

06.09.2018

Es duftet verführerisch, ist knusprig, frisch gebuttert, ein Genuss der Sinne und meist in Gesellschaft einer Tasse frischen Kaffees oder Kakao anzutreffen. Wer kennt es nicht, das morgendliche Honigbrötchen?

Und doch ist etwas faul in Bienenbüttel. Die Wahrscheinlichkeit, noch frischen, unverfälschten Honig von echten Bienchen zu bekommen, ist gering.

Honig gehört zu den meistgefälschtesten Lebensmitteln der Welt. Es ist also nicht der ledrige Parmaschinkenersatz, der nach alten Socken müffelnde Grana Padano aus der Retorte, Trüffelöl ohne Trüffel oder die Seezunge, die früher einmal Tilapia hieß und nachts so lustig neonfarbig leuchtet.

Heute kommt der Honig aus dem fernen Land der Mitte. Nektar wird in der Fabrik dank großzügiger Chemiegabe zu Pseudo-Honig. Und weil der immer noch zu wertvoll für den Konsumenten ist, wird er kräftig mit Reissirup gestreckt. Etwas Farbstoff, Aroma, ein flottes Etikett und fertig ist das Leckerli. Fast 500.000 Tonnen der Köstlichkeit verlassen jedes Jahr China, um dann auch den deutschen Teller zu tapetenverkleistern. Bei kritischer Überlegung, etwas Dreisatzrechnung und dem Einsatz eines spitzen Bleistifts kommen leckere, astronomische Renditen zustande, die sonst nur Drogendealer erreichen. Verbraucherschutz? Wie albern. Bon appetit.

Prof. Dr. Dr. Doom - „Haus Seelenfrieden"

EXTRABLATT aus dem Haus Seelenfrieden

Chemnitz: Die bürgernahe Kanzlerin

07.09.2018

Noch vor dem Erntedankfest wird die beliebteste Kanzlerin Deutschlands und morgen der ganzen Welt Chemnitz einen Besuch abstatten. Landwirtschaftsverbände und Bürger freuen sich bereits auf den Besuch der Monarchin und stellen bereits große Bestände an Tomaten bereit, die ihr schon in der Vergangenheit von den dankbaren Untertanen gerne als Gastgeschenk verehrt wurden.

Die Bürgerinitiative „Tomaten für Merkel" wird auf dem Veranstaltungsgelände gratis ihre Broschüre mit den 100 schönsten Liebesapfel-Rezepten an alle interessierten Besucher des Festes verteilen.

Laut Gerüchten aus der Modewelt wird Frau Merkel ein hübsches, rotes Ensemble aus Plastik tragen und modisch völlig neue Akzente setzen. Wir baten bereits Carl Lagerfeld um ein Statement zu unserer Trendsetterin, haben aber bisher noch keine Rückmeldung erhalten. Heidi Klum hat inzwischen verlautbaren lassen, der Kanzlerin kein Foto und dementsprechend keine Finalteilnahme für „Germanys next Top Politician Model" in Aussicht stellen zu können. Allerdings ist davon auszugehen, dass die stets gut gelaunte Herrscherin aus der Uckermark erfolgreich Ihren Titel als „Miss Milliarde" für die Organisation „Geld für die Welt" verteidigen und neue Maßstäbe setzen wird.

Professor Dr. Dr. Doom - „Haus Seelenfrieden"

EXTRABLATT aus dem „Haus Seelenfrieden".

Kultur: Gazellen für maximal Pigmentierte.

08.09.2018

Nichts ist so schön und erheiternd zugleich wie ein gut geratenes Palindrom, also ein Wort oder Satz, das bzw. der von vorne wie von hinten gelesen identisch ist. Während Laien sich an Begrifflichkeiten wie „Otto" oder „Anna" erfreuen, sind die Profis unter den Wortspielern komplizierteren Konstrukten wie „Ein Neger mit Gazelle zagt im Regen nie" zugetan.

Leider ist der Begriff „Neger", der letztendlich nichts anderes als „Schwarz" (Negro) bedeutet, aus Gründen der Political Correctness in Verruf geraten. Doch das ist nicht das eigentliche Problem. Als unser Außenteam eine Stippvisite in verschiedenen deutschen Kleinstädten vornahm, mussten wir feststellen, dass absolut kein Mangel am maximal Pigmentierten (ehemals Neger) besteht. Doch wo in aller Welt hatten sie nur ihre Gazellen?

Unsere diesbezügliche Anfrage beim BamF wurde leider nicht beantwortet. Auch unsere Petition „Gazellen für die maximal Pigmentierten" (ehemals Neger) wurde anscheinend nicht bearbeitet.

So bleibt uns nur noch der Weg, statt über Steuergelder durch Spenden Herren des Problems zu werden.

Bei den durchschnittlichen Importkosten von Gazellen (3.000 Euro pro Tier) und einem Bestand von ca. 500.000 maximal Pigmentierten (ehemals Neger) im Land, benötigen wir 1,5 Milliarden Euro Spendengelder, damit sich unsere neuen Bürger bei uns auch wohl und angenommen fühlen.

Bitte spenden Sie großzügig für diesen guten Zweck. Verwenden Sie unsere bekannte Kontonummer. Vielen Dank.

Professor Dr. Dr. Doom - "Haus Seelenfrieden"

Nachsatz aus aktuellem Grund:

Facebook aktuell: Eine Zensur findet NICHT statt.

08.09.2018

Der Beitrag „Gazellen für die maximal Pigmentierten" wird von FB als "Hate Speech" gewertet. Eine interessante Einschätzung eines Satire-Beitrags, die an und für sich selbst als (wenn auch schlecht gemachte) Satire gelten könnte. Merke: „Hate Speech" aus Politik und Medien „gut"…Satire „böse".
Damit hat es der Beitrag aus dem „Haus Seelenfrieden" geschafft, gleichrangig mit der US-Unabhängigkeitserklärung gestellt zu werden, die in der Vergangenheit aus denselben Gründen gesperrt wurde. Immerhin scheint die Botschaft angekommen und auf dem allumfassenden FB-Index gelandet zu sein. Nun bleibt voller Spannung abzuwarten, wie die in Auftrag gegebene Neubewertung des Artikels ausgehen wird. Unser Hausanwalt reibt sich bereits voller Freude die Anwaltshändchen und harrt der Dinge die da kommen werden.

Professor Dr. Dr. Doom - "Haus Seelenfrieden"

Extrablatt aus dem „Haus Seelenfrieden

Kultur aktuell: Merkel in Afrika

09.09.2018

Der Besuch Afrikas durch die allseits beliebte Kanzlerin von Deutschland und morgen der ganzen Welt hat sich geradezu als Magnet für die Vermittlung der deutschen Kultur entwickelt. Die wackere Monarchin, die mit dem weltberühmten Gassenhauer „Schöne Maid" des Schlager-Urgesteins Tony Marshall empfangen wurde, zeigte Tränen der Rührung, als Tausende Einheimische in den völkerverbindenden Refrain „Ho ja Ho Ja Ho" einstimmten.
Beim „Wir singen Tralala und tanzen Hoppsassa" zeigte sich, wie nahe Kulturen doch beieinanderliegen. Ein Spielmannszug aus Burundi hat Interesse an den kontinentalen Vermarktungsrechten geäußert.
„Wir wollen ganz zufrieden sein und trinken Bier und Schnaps und Wein" lässt gute Chancen für deutsche Hersteller und den Export erahnen und uns alle optimistisch in die Zukunft schauen, dass die Milliardengeschenke deutscher Steuergelder aus dem Köfferchen der Herrscherin irgendwann kompensiert sein werden. Gerüchten zufolge gibt es ein Angebot für die Zeit nach der Zeit in der aktiven deutschen Politik. Am Hofe vom König Wumbaba aus Lumumbaland ist eine Stelle als Zweitfrau vakant. Somit wünschen wir der Kanzlerin alles Gute für die Zukunft und singen gemeinsam: „Schöne Maid…"

Professor Dr. Dr. Doom - "Haus Seelenfrieden"

Extrablatt aus dem „Haus Seelenfrieden"

Kultur aktuell: Das Köthen-Konzert

09.09.2018

Köthen ist schon aus der Vergangenheit als kulturell wie wissenschaftlich aufgeschlossene Gemeinde bekannt. Der Begründer der Homöopathie Samuel Hahnemann wirkte hier viele Jahre und der homöopathische Weltärzteverband hat in Köthen seinen Sitz. Deswegen wird die Stadt gelegentlich als Welthauptstadt der Homöopathie bezeichnet.

Nach einer spontanen homöopathischen Anwendung durch zwei wohlmeinende internationale Fachärzte an einem Patienten mit unglücklichem Ausgang ist mit durch Steuergelder finanzierten Gratis-Konzerten zu rechnen. Ein bundesweiter Shuttle-Service könnte hilfreiche Dienste leisten.

Die Initiative „Campinobuli für alle" bittet um reichliche Spenden für die Ansiedlung weiterer Fachärzte aus dem Ausland, um eine flächendeckenden Konzert-Reihe aus der Taufe heben zu können. Auch die medizinische Arbeitsgemeinschaft „Blut für die Welt" hat sich dem Aufruf angeschlossen, wird mit einem Blutmobil vor Ort dabei sein und freut sich auf großzügige Unterstützung durch Spender.

Gestern Chemnitz…heute Köthen…und morgen die ganze Welt. Die kulturelle Erneuerung lässt uns gespannt auf die Zukunft blicken.

Professor Dr. Dr. Doom - "Haus Seelenfrieden"

EXTRABLATT aus dem Haus Seelenfrieden

Gesundheit aktuell: Die Hindukusch-Grippe.

10.09.2018

Zu den Zeiten der Globalisierung kommt es leider immer wieder zu Infektionen durch importierte Krankheiten. Derzeit wütet in Europa die Hindukusch-Grippe, die ähnliche Auswirkungen wie das Damaskus-Fieber, die Aleppo-Seuche, der Morbus Marrakesch oder die Nigeria-Pest zeigt. Der Ausgang einer Infektion endet auf spektakuläre Art und Weise oftmals tödlich und wird als Herzversagen fehldiagnostiziert.

Die Opfer dieser Infektionskrankheiten treten derzeit in einem sehr übersichtlichen Rahmen auf. Aber der „Haus Seelenfrieden" Gesundheitsdienst befürchtet, dass es über kurz oder lang durchaus zu epidemischen Ausmaßen kommen kann.

Gegenmaßnahmen: Verlassen sie das Haus nicht. Der Erreger ist auf Grund seiner Größe mit bloßem Auge leicht zu erkennen und sicherheitshalber zu isolieren oder großräumig zu umgehen. Seine Anzahl wird europaweit als sehr hoch eingeschätzt. Vermeiden Sie Körperkontakt.

Es ist nur eine Frage der Zeit, bis die Pharmaindustrie mit einem Impfangebot auf den Markt kommen wird. Wir empfehlen ausdrücklich, Impfungen nicht in Anspruch zu nehmen, da die Nebenwirkungen mutmaßlich NOCH gefährlich als die Erreger sind.

In diesem Sinne – bleiben Sie bitte gesund.

Professor Dr. Dr. Doom - "Haus Seelenfrieden"

EXTRABLATT aus dem Haus Seelenfrieden

Kultur: Konzert-Tournee „Angie and Friends"

10.09.2018

Kulturfreunde aufgepasst: Es wird ein Herbst der heißen Rhythmen. Die allseits beliebte Kanzlerin von Deutschland und morgen der ganzen Welt, Angela Merkel, bereist kulturträchtige Orte in Deutschland im Zeichen der internationalen Völkerverständigung und der bunten Vielfalt. Ihr kulturelles Engagement findet große Anerkennung bei 102 Prozent der befragten Bundesbürger.

Die Initiativen „Brot für notleidende Künstler" und „Ich bin ein Star – kein Schwein interessiert sich für mich" können sich über Fördergelder aus der öffentlichen Hand freuen und unbeachteten Kleinkünstlern wie „Herbert, das Jodel-Huhn" und anderen das Überleben in den kalten Wintermonaten sichern.

Es wird noch ein Halal-zertifiziertes Catering-Unternehmen für die Veranstaltungen gesucht. Es winken eine großzügige finanzielle Unterstützung aus öffentlichen Geldern und Sponsoring durch die beliebte Geflügel-Großschlächterei Wiesentod.

Über einen klangvollen Namen der Tournee wurde noch nicht entschieden, einige Vorschläge wurden aber bereits verworfen. Neue Vorschläge werden jederzeit gern entgegengenommen. Der Sieger gewinnt einen Jahresvorrat leckerster Chicken Nuggets aus fein zerkleinertem Geflügelfleisch. Wir wünschen viel Glück beim Wettkampf und guten Appetit.

Professor Dr. Dr. Doom - "Haus Seelenfrieden"

EXTRABLATT aus dem „Haus Seelenfrieden"

Politik: Ausgebufft...gebuffter...Bouffier!

10.09.2018

Der hessische Ministerpräsident, Volker Bouffier, ist in die engere Auswahl zur Wahl des „Mister Billion" gerückt. Die allseits beliebte Kanzlerin Deutschlands und morgen der Welt und derzeitige Inhaberin des „Miss Milliarde", zeigt sich angenehm überrascht über die Anstrengungen des wackeren Äppelwoi-Schoppenstemmers, der von Null auf Hundert immerhin 375 Millionen verdaddelt hat.

Auch, wenn diese Zahl insgesamt eher übersichtlich wirkt, stehen noch etliche Milliarden „Money to go" in der Hinterhand. Selbst wenn es Bouffier nicht gelingen sollte, den Rekordwert der von der Kanzlerin erreichten vier Billionen auch nur annähernd zu erreichen, so hat er doch gewisse Chancen, den Berliner Flughafenmilliarden-Jongleur Wowereit in ernste Bedrängnis zu bringen.

Wie auch immer...ein junges Talent sollte seine Chancen auf ein Rekordergebnis bekommen, um dereinst den hochbegehrten Preis „Das schwarze Loch" aus den greisen Händen von „Onkel Schublade" oder auch „Mister Schwarze Null" Wolfgang Schäuble empfangen zu dürfen.

Wir vom Haus Seelenfrieden jedenfalls drücken milliardenfach die Daumen.

Professor Dr. Dr. Doom - "Haus Seelenfrieden"

EXTRABLATT aus dem „Haus Seelenfrieden"

Niedersachsen: Don't worry – Pee happy!

10.09.2018

Das Hainberg-Gymnasium Göttingen hat am Donnerstag zwei Unisex-Toilettenräume eröffnet. Mit den neuen Toilettenräumen richtet man sich an Schüler, die sich in der klassischen Geschlechterordnung nicht wiederfinden, da sie beispielsweise inter- oder transsexuell sind oder sich noch im Findungsprozess ihrer geschlechtlichen Identität befinden.

Statt den Symbolen für „Jungen" oder „Mädchen" steht an den Türen nun einfach „Toilette". Jeder aus der Schulgemeinschaft, unabhängig von geschlechtlicher Identität, Neigung oder Religion kann diese Toiletten nutzen. Schülervertreter Linus Steinmetz dazu: „Wir wollen zeigen, dass wir bunt sind."

Keinen großen Anklang findet die Idee bei den Islam-Verbänden, die eine klare Trennung bevorzugen. Großen Anklang hingegen findet die neue Reglung bei minderjährigen, unbegleiteten jungen Männern, die endlich auf diskrete Tuchfühlung mit dem anderen Geschlecht gehen können.

Ebenfalls „not amused" zeigen sich einige Gruppierungen aus den Klientel der mittlerweile 60 in Deutschland anerkannten verschiedenen Gendertypen. Sie legen großen Wert auf speziell auf ihren Bedarf ausgerichtete und nur ihnen zur Verfügung stehenden Toiletten. Derzeit ist eine Diskussion entbrannt, ob Schminkspiegel obligatorisch sein sollten. Auch ist noch nicht entschieden, in welcher Farbe künftig das Toilettenpapier gestellt werden muss. Besonders heikel ist die Auswahl von Cremes und sanften Seifen. Wie verfährt man mit Präservativ- oder Hygieneartikel-Automaten?

Nun zu einer positiven Erfahrung: Der Zetteltransfer unter den Trennwänden mit humorigen Botschaften wie „Ficken ey" oder „Bück Dich, Bitch" verzeichnet eine Zunahme von über achthundert Prozent. Auch ein Gruppen-Piss-In in Verbindung mit dem Projekt „Die meisten Pinkler/innen/gender/diverse in einer einzigen Kabine" für das Guinness-Buch der Rekorde, gilt als mustergültige Maßnahme zur Förderung des schulischen Miteinanders, die auch beim Lehrkörper hohe aktive Beteiligung und Unterstützung gefunden hat. Allerdings haben die ungewollten Schwangerschaften durch den Schultoilettenbesuch drastisch zugenommen.

Der Daniel-Cohn-Bendit-Freundeskreis e.V. hat sich erboten, künftig insbesondere bei Grundschülern direkt vor Ort aufzuklären und im Fall der Fälle fachkundige Unterstützung und Handreichungen vorzunehmen. Auch die Bischofssynoden haben das Thema derzeit auf der Agenda und gelten als versierte Hilfskräfte für orientierungsarmes Jungvolk beim Entdecken neuer Gebiete.

So kann endlich gesellschaftsübergreifend geholfen werden und das stimmt uns froh. Alles wird gut.

Kurzum: So geht bunt und wir sind kunterbunter.

Professor Dr. Dr. Doom - "Haus Seelenfrieden"

EXTRABLATT aus dem Haus Seelenfrieden

Gott und die Welt: Höllenfeuer für AfD-ler!

10.09.2018

Kein anderes Unternehmen der überlieferten Weltgeschichte hat es so gut verstanden, Geld und Reichtum anzuhäufen wie die katholische Kirche.

Von Beginn an ist die Kirchengeschichte voll von Ausbeutung jeglicher Art: Erbschleicherei, Enteignung, Konfiskation, Schmarotzertum, Ablasshandel, Raubzüge usw. Die Arbeit für Theologie und Philosophie nehmen sich demgegenüber wie Nebentätigkeiten aus. Doch auch das Kleingeld ist nicht zu verachten. Wie wir alle wissen: Gar selig ist der fromme Christ, wenn er nur gut bei Kasse ist.

Unabhängig davon ist Mutter Kirche stets bemüht, Sitte und Moral hochzuhalten. Ein gutes Beispiel dafür ist Kardinal Rainer Woelki, der die AfD nach den Vorfällen in Chemnitz kommentierte. Wer durch menschenverachtende Propaganda und rechtslastige Sprüche Stimmung mache, sei Mittäter. Auch der Präsident des Zentralkomitees der deutschen Katholiken (ZdK), Thomas Sternberg, hat die Alternative für Deutschland als offen rechtsradikal bezeichnet und rät von ihrer Wahl ab.

Gut, dass Mutter Kirche in ihrer großen Weisheit über die Gläubigen wacht und sie davon abhält, im Wahl-Beichtstuhl die falschen Kreuzchen zu machen. Wir zollen ihr dafür Dank.

Gerade die Einschätzung der Ereignisse von Chemnitz und Köthen durch alte, originelle Kleidchen tragende Männer, die in den Beichtstühlen höchstes Einfühlungsvermögen speziell im Umgang mit jugendlichem Klientel zeigen, ist uns besonders wichtig.

Die gebetsmühlenartige Wiederholung des überstrapazierten Opferbegriffs ermüdet. Wer denkt an die eigentlichen Opfer, die Täter?

Endlich können dort die christlichen Tugenden wie „Die andere Wange hinhalten", „Nächstenliebe", „Vergebung" und Nachsicht wieder aktive Anwendung erfahren. Die Täter können so zur inneren Einkehr und Buße bewegt werden, um zu wertvollen Mitgliedern der Gemeinschaft heranzuwachsen. Nicht angedacht, aber auch nicht generell ausgeschlossen, sind Waffensegnungen für Solinger Stahlwaren.

Eine Entscheidung Roms wird erwartet. Vielleicht sollte man dabei einfließen lassen, dass die garstigen AfD-Teufelsanbeter Kinder und Hostien en gros schänden, Brunnen vergiften und nachts auf dem Besen zum Blocksberg fliegen.

Gott segne unsere braven Leser und strafe die fürchterlichen AfD-ler, die allesamt Satansjünger sind und dereinst im ewigen Höllenfeuer in Kesseln mit siedendem Pech köcheln, jammern und mit den Zähnen knirschen werden. Amen.

Professor Dr. Dr. Doom - "Haus Seelenfrieden"

Religion heute: Der Pontifex liebt Sponti-Sex.

Lasset die Kindlein…

11.09.2018

Im US-Bundesstaat Pennsylvania betreiben engagierte Kleriker der katholischen Kirche seit Jahren das langfristig angelegte „Projekt Pittsburgh" zur Förderung frühkindlicher Sexualität. Mehr als 300 namentlich genannte Priester haben anscheinend mehr als tausend Kindern die Flötentöne beigebracht.

Im Rahmen des Projekts hat eine Gruppe von Priestern gemeinsam einen Knaben motiviert, im Pfarrhaus nackt die Pose Jesu am Kreuz einzunehmen. Aber auch die bewährten Gruppenarbeiten mit Doktor-Spielen, Unkeuschheitsbeichten, originellen freikörperlichen Scharaden und nudistischen Mysterienspielen sorgen beim Klerus für große Freude.

Es ist nur zu verständlich, dass dieses mehr als tausend Jahre praktizierte Brauchtum des Katholizismus nicht einfach der Vergangenheit anheimfallen darf. Der Hinweis einer anonym bleiben wollenden Quelle direkt aus der Vatikanstadt, dass die katholische Kirche sich derzeit nicht umsonst dem Islam annähert und daher auch ein gewisser Neid in Bezug auf die ungeahnten Möglichkeiten von „Kinderehen" entstanden ist, klingt plausibel. Allerdings soll Zölibat und Co. weiterhin Bestand haben. Ein Konflikt, der noch bewältigt werden will.

Für die durch ihr Engagement körperlich stark strapazierten geistlichen Herren hat der Papst zur Rekonvaleszenz Kirchenasyl spendiert. Dort sollen Gebete zum heiligen St. Viagrius die Erschöpften wieder zu

Kräften für neue Ruhmestaten im Namen Gottes er-
starken lassen. Allerdings lehnt der Papst freundliche
das Angebot zur aktiven Teilnahme am Pittsburgh-
Programm aus Termingründen ab. Deo gratias.
Und nun noch ein wenig Alltagslyrik:

Barthlericks

Es lebte ein Pfaffe aus Bünde
Mit dutzenden Kindlein in Sünde
Im Beichstuhl man stöhnte
Die Kirche viel löhnte
Dass niemand die Schande verkünde.

www.b-b-boss.de

Professor Dr. Dr. Doom - "Haus Seelenfrieden"

EXTRABLATT aus dem Haus Seelenfrieden

Syrien aktuell: Wollt Ihr die totale Uschi?

11.09.2018

Die allseits beliebte Bundeswehrchefin mit der sturmerprobten Fönfrisur und kruppstahlharten Kompetenz ist wieder einmal in aller Munde. Was könnte wohl das Thema sein, dass die Medien beschäftigt? Dubiose Beraterverträge? Die Gorch Fock? Uboote, die nie wieder auftauchen? Fregatten, die mangels Ersatzteilen im Hafen vor sich hindümpeln?
Weit gefehlt. Das Thema des Tages ist Syrien und der Einsatz von Giftgas. Sollte in Syrien erneut (Gerüchten zufolge) Giftgas eingesetzt werden, halten Politiker von Union, FDP und Grünen eine deutsche Beteiligung in Syrien für möglich. Erstaunlicherweise zeigt sich die SPD nicht kooperativ, obwohl sie doch noch zu Schröders Zeiten Spiel, Spaß und Spannung im Kosovo sehr zu schätzen wusste und das Völkerrecht eher als lustige, kleine Schmonzette betrachtete.
Das Verteidigungsministerium lässt derzeit prüfen, wie sich die Bundeswehr bei möglichen militärischen Maßnahmen gegen die syrische Armee einbringen könne. Die Ministerin von der Leyen wollte uns keine Umbenennung in Reichskriegsministerium bestätigen. Die Äußerung: „Beim Völkerrecht wird mir schlecht" stammt anscheinend auch nicht vor ihr, hätte es aber durchaus gewesen sein können.
Wie auch immer: Deutschland muss sich international mehr einbringen. Die deutschen Grenzen werden in Syrien verteidigt. Hurra. Daher ist der „totale" Syrien-

einsatz durchaus möglich. Hätte das doch nur „Wüstenfuchs" Rommel noch miterleben dürfen.

Leider konnte der Regierung Assad in der Vergangenheit kein Giftgasangriff nachgewiesen werden. Das ist schrecklich. Aber man sei auf politischer Ebene durchaus bereit, Kompromisse zu schließen und auch üble Gerüche nach dem Verzehr von Falaffel, traditionellen syrischen Bohnengerichten, Zwiebeln und Knoblauch als Angriff zu akzeptieren.

Wer sich ein Taschengeld verdienen möchte: Die Regierung wird mutmaßlich demnächst eine großzügige Belohnung ausloben. Ansonsten passiert ja nichts. Wenn die blöden Syrer nicht selbst aktiv werden wollen, dann muss man dem Schicksal eben ein wenig aufs Pferd helfen. Wer also in einem syrischen Schwimmbad den Geruch von Chlor feststellen sollte, könnte ausgesorgt haben. Es genügt die Aussage per Mail. Unter Umständen könnte bereits der Geruch in einer deutschen Badeanstalt ausreichen. Sollte jemand rein zufällig einen oder mehrere Syrer kennen, die gerne mal baden gehen, dann nichts wie ran und frisch verpetzt. Wobei…ich glaube, ich nutze die Gunst der Stunde und schreibe die Mail lieber selbst.

Professor Dr. Dr. Doom - "Haus Seelenfrieden"

EXTRABLATT aus dem Haus Seelenfrieden

Gesundheit aktuell: Wasser – Klar wie Kloßbrühe.

11.09.2018

Behörden haben Mikroplastik in Mineralwässern gefunden. Welche Produkte betroffen sind, hält das Verbraucherschutzministerium in Nordrhein-Westfalen jedoch unter Verschluss. Das ist inakzeptabel!

Wasser ist, wenn auch nicht mehr lange, ein Menschrecht. Und wenn es durch Spurenelemente wie Uran, Cadmium, Blei, Arsen, Quecksilber, Aluminium, Barium, Strontium, Phosphor, Plutonium oder auch nur Plastik angereichert wird, steigt sein Wert beträchtlich.

Es ist daher nicht einzusehen, warum dem Bürger die Informationen über die Werthaltigkeit des edlen Stöffchens, das dereinst schon Jesus in Wein verwandelt und somit aufgewertet hat, vorenthalten wird.

Wir haben ein Recht darauf zu erfahren, was die Behörden wissen! Daher unsere Aufforderungen an die Leserschaft der Nachrichten aus dem „Haus Seelenfrieden":

Schreiben Sie an das Verbraucherschutzministerium in Nordrhein-Westfalen und fordern Sie die Namen der getesteten Hersteller und Produkte! Wir wollen endlich wissen, wo Mikroplastik drin steckt! Denn Plastik ist wertvoll. Plastik ist ein Menschenrecht. Plastik ist für alle da.

Professor Dr. Dr. Doom - "Haus Seelenfrieden"

EXTRABLATT aus dem Haus Seelenfrieden

Arbeitsmarkt: Der Reichsarbeitsdienst

12.09.2018

Das Jobcenter Bremerhaven plant gemeinsam mit dem Chef der Bundesagentur für Arbeit Langzeitarbeitslose unentgeltlich für die Kommune oder private Firmen arbeiten zu lassen.

Die Arbeitsagenturen, die nach internen Angaben immerhin 2 % aller Arbeitssuchenden wieder in Lohn und Brot bringen, sind echte Hochleistungsbetriebe. Von 500.000 freien Stellen vermitteln sie immerhin 10.000 Arbeitsplätze durch ihre mehr als 100.000 Mitarbeiter. Das verdient Respekt.

Wir meinen: Sklaverei ja – aber wenn, dann richtig. Schließlich könnten sich die untätigen Untertanen etwas mehr bemühen und sich nicht mehr damit herausreden, dass 500.000 Stellen nicht für 8,5 Millionen Leistungsbezieher reichen würden. Gebt uns keine Probleme, Ihr kleinen winselnden Faulpelze - gebt uns Lösungen.

Wurden Sklaven im alten Rom bei Missachtung von Vorgaben zum Tode verurteilt, so werden Hartz IV-Bezieher in unserer heutigen Zeit leider nur monetär sanktioniert. Wo bleiben die guten alten Maßnahmen wie Rädern, Auspeitschen, der Pranger und das Bewerfen mit faulem Obst?

Sklavenketten in schwarz-rot-gold sind schon lange überfällig. Chaingangs sind gefragt. Auch der gute, alte 16-Stunden-Tag muss dringend wieder her. Schließlich steht Deutschland vor großen Aufgaben, die bewältigt und bezahlt werden wollen. Millionen von Migranten hungern, Banken leiden, die Bundeswehr möchte Russland-Urlaub und der BER bezahlt sich schließlich auch nicht von alleine.

Demnächst stehen bei zwei Dritteln aller großen Versicherungen Pleiten an. Wir sollten dafür dringend Kapital aufbauen. Dazu die Erhöhung des Wehretats. Sonst klappt das doch nie mit dem neuen Ostfeldzug. Die teuren Grenzanlagen in Saudi-Arabien oder in der Ukraine. Die noch immer anfallenden Reparationszahlungen für die Besatzungsmächte...pardon...unsere guten Verbündeten. Und die Liste hat noch lange kein Ende.

Also, Ihr kleinen Faulpelze: Hebt die dicken Hintern aus den Luxus-Sesseln vorm Fernseher, legt Eure Ketten an und eilt auf die Baumwollplantagen der gütigen Herrscherin und ihrem Hofstaate zu Berlin. Ab jetzt ist Schluss mit Lustig. Müßiggang ade. Keine gebratenen Tauben mehr, die Euch in die Münder flattern.

Zum Abschluss singen wir die Hymne der Arbeit:

„Ja ich habe Merkel lieb...
Wer nicht schuftet ist ein Dieb...
Sklavenketten find ich fein...
Es könnt gar nicht schöner sein...
He ho...Chaingang-Time...
He ho...stimmt mit ein!
He ho...Stasi-Time
He ho...ich hau'rein!"

Professor Dr. Dr. Doom - "Haus Seelenfrieden"

EXTRABLATT aus dem Haus Seelenfrieden

Innenpolitik: Grundeis für den Arsch der SPD

12.09.2018

Bei der Bundestagsdebatte über eine deutsche Beteiligung bei Angriffen auf Syrien wandte Alexander Gauland (AfD) bei der Frage zu einem Syrienangriff ein, dass dies eine neue Flüchtlingswelle auslösen würde. Daraufhin warf ihm Martin Schulz (SPD) Faschismus vor.

Da Faschismus letztendlich nichts anderes als eine Verschmelzung von Wirtschaft und Politik zu einer Diktatur bedeutet, ist unserem Team in der Redaktion leider unklar, was der umtriebige Ex-Kanzler-Kandidat damit zum Ausdruck bringen wollte.

Wir beratschlagen, einen „Haus Seelenfrieden"-Preis für rhetorische Meisterleistungen aus der Politik ins Leben zu rufen. Der Name für den noch zu gestalten Preis könnte „Die goldene Nazikeule" sein. Aber auch „Ein Kessel buntes krudes Gewäsch" hat seinen Reiz.

Wie auch immer: Anscheinend geht den Genossen der SPD in Anbetracht der homöopathischen Stimmanteile aus den Umfragen der Arsch auf Grundeis. Und da haben wir das Problem: WO in aller Welt nehmen wir so viel Grundeis her?

Unser Vorschlag für die Partei der Migration und Integration lautet: Eispickel statt Messer. Wenn alle verfügbaren Freude der gepflegten Stahlwaren mit Eispickeln in die Antarktis geschickt würden, dann könnte man sowohl eine Vollbeschäftigung als auch ausreichende Eisbestände für den Arsch der SPD erzielen (womit in diesem Falle nicht die Herren Schulz, Müntefering, Gabriel, oder Steinmeier gemeint sind) und einen neuen internationalen Maßstab für verantwortungsvolle Politik setzen.

Natürlich muss die Eismenge gut kalkuliert sein. Die Eismengenplanwirtschaft-Experten müssten zum Beispiel die Fläche des Nahles-Eisberges gut berechnen. Unter uns…der hätte die Titanic locker dreimal versenkt. Auch Sigmar Gabriel hat hohen Bedarf angemeldet, den Antrag jedoch zurückgezogen, als er festgestellt hatte, dass er statt Eiswaffeln Eiswaffen verstanden und sich schon reichgerechnet hatte.

Mal unter uns, liebe Freundinnen und Freunde verklärter Sozialistenromantik. Ihr habt wirklich einen an der Eiswaffel. Ihr habt die SPD-Karre ebenso tief in den Schmadder gefahren wie das Volkswagenwerk. Und darum will Euch auch keiner mehr haben. Auch nicht „On the Rocks".

Selbst das gute, alte Schönsaufen hilft bei der SPD nicht mehr. Aber das mit dem Eis sollte man trotzdem angehen. Mit etwas Glück bleibt sogar noch ausreichend Eis für den neuen Hauscocktail der Genossen, den „Nullprozento", übrig.

In diesem Sinne: Prosit und Cheerio!

Professor Dr. Dr. Doom - "Haus Seelenfrieden"

EXTRABLATT aus dem Haus Seelenfrieden

Das Auferstehungswunder von Rott.

12.09.2018

In Rott am Inn ist Gerüchten zufolge ein Auferstehungswunder zu verzeichnen. Die Familiengruft Bayerns einstigen Ministerpräsidenten Franz Josef Strauß und seiner Frau Marianne wurde anscheinend von innen geöffnet. Die kleine Gemeinde ist schockiert. Über die Ursachen der posthumen Flucht wird gerätselt. Das von uns konsultierte Medium hat nach Befragung von Kaffeesatz und Kristallkugel die Erkenntnis gewonnen, dass ein Zusammenhang mit der kommenden Wahl besteht. Fünf Wochen vor der Bayernwahl geht es für die CSU einer Umfrage zufolge mit Holldriö bergab ins tiefe, tiefe Tal. Wäre am Sonntag Landtagswahl, würden demnach nur noch 35,8 Prozent für die Christsozialen um Bayerns Ministerpräsidenten Markus Söder stimmen. Doch der Söder wäre ein Blöder, wenn er nicht mit den Grünen schäkern würde.

Das hat wohl den Geist Franz Josefs hoch erzürnt aus der Gruft fahren lassen. Unser Aufruf an den verstorbenen Landesherrn: Bitte kehre zurück und errette das Bayernland. Wir lassen auch eine Messe lesen. Vom Papst persönlich. Als Abendmahl wird es Bier, Radi, Weißwurst und Haxen geben. Bitte befreie Bayern aus der finsteren Verderbnis des Seehofer Horstls und des Söder Markus. Gelobet sei Dein Werk bis in alle Ewigkeit. Amen!

Professor Dr. Dr. Doom - "Haus Seelenfrieden"

EXTRABLATT aus dem Haus Seelenfrieden

Streichelzoo: Nazi-Schaf beißt Flüchtling

13.09.2018

Zu unserem Leidwesen müssen wir auch über negative Dinge berichten. Anscheinend ist es im Zoo Hannover zu einem sehr unschönen Vorfall gekommen, als ein neuer Bürger der niedersächsischen Landeshauptstadt im Streichelzoo von einem brutalen, rechtsextremen Paarhufer attackiert worden sein soll. Das zudem braune Schaf biss ihn rücksichtslos in eine sehr private Stelle seines Körpers. Das Opfer, Mahbub Mahbubullah aus Kabul, soll Informanten zufolge stark traumatisiert in die Uni-Klinik Hannover eingeliefert worden sein, wo er von den besten Fachärzten der Stadt behandelt wird.

„Wollte doch nur streicheln! Will Liebe! Isse doch Streichelzoo. Habe gezahlt Eintritt. Habe Rechte!" soll der Patient noch stundenlang unter Tränenströmen gestammelt haben.

Aus Therapeutenkreisen erfuhren wir, wenn auch nur hinter vorgehaltener Hand, dass amouröse Beziehungen zwischen den possierlichen Deich- und Wiesenbewohnern in der Heimat unseres Gastes durchaus üblich sind und er daher unter einem gewissen Entzug gelitten haben muss. Wie sehr muss er sich nach persönlicher Zuwendung gesehnt haben? Und wie sehr muss er gelitten haben?

Uns wurde Bildmaterial von einem Viehmarkt aus Afghanistan zur Verfügung gestellt, auf dem ein Händler stolz die Hinterteile seine akkurat getrimmten Schafe präsentiert. Was für Afghanen gut ist, kann für

Deutsche nicht schlecht sein. Diese Intoleranz bei diesem wirklich wichtigen Thema kann nicht weiter hingenommen werden.

Die Flüchtlingsverbände zeigen sich erschüttert. Die GRÜNEN haben förmlichen Protest eingelegt. Das braune Nazi-Schaf ist eine Schande für unser neues, buntes Deutschland. Wie soll es unter solchen Bedingungen ein harmonisches Miteinander zwischen Mensch und Tier geben können? Vorfälle dieser Art dürfen künftig nie wieder vorkommen.

Und so stellt sich uns allen die Frage: Wie lange müssen wir uns das noch bieten lassen? Wann wird dieser Schrecken ein Ende haben? Unsere energische Aufforderung an den Zoo, sich über diesen Akt der Willkür, Intoleranz und Gewalt gegenüber fremdländischen Besuchern zu äußern, ist bisher ignoriert worden. Sollen Migranten jedes Mal Heimaturlaub machen, um sich zumindest ein wenig wohl fühlen zu dürfen?

Bis zur Lösung des Problems helfen nur Toleranz, förmlicher Protest, die konventionellen Mensch-Schaf-Beziehungen im stillen Kämmerlein und natürlich entspannende, gute Küche. Bitte lesen sie dazu im Feuilleton: „Die 100 besten Lammhaxenrezepte".

Professor Dr. Dr. Doom - "Haus Seelenfrieden"

EXTRABLATT aus dem Haus Seelenfrieden

Innenpolitik: Gut, dass es Chebli gibt

13.09.2018

Unlängst twitterte Staatssekretärin Sawsan Chebli (Sawsan Chebli@SawsanChebli) zum Thema Chemnitz: „Wir sind mehr (noch), aber zu still, zu bequem, zu gespalten, zu unorganisiert, zu zaghaft…Wir sind zu wenig radikal".
Als die Sprache auf ihren viel diskutierten Tweet kam, hagelte es Kritik. Frau Chebli verließ unter Tränen den Raum. Das kann so nicht hingenommen werden. Die charmante Quotenfrau, die schon für so viel Heiterkeit gesorgt hat, soll nicht unter der deutschen Boshaftigkeit leiden müssen. Sonst wird sie vielleicht noch aus der Politik ausscheiden und armutsbedingt ihre Uhr und all das andere teure Bling Bling versetzen müssen.
Wir aus dem „Haus Seelenfrieden" sind besorgt um die nervliche Verfassung der jungen Dame und möchten mit diesem offenen Brief helfen, die Wogen wieder zu glätten.

„Liebe Frau Chebli.

Voller Faszination haben wir soeben Ihren charmanten Vornamen zur Kenntnis genommen und fragen uns, ob es vielleicht ein Künstlerinnen-Name sein könnte? Saw's an? Tatsächlich? Die Säge ist an? Das könnte eine multikulturelle Höchstleistung der verbindenden Sprachkultur werden und nötigt uns allen Hochachtung ab. Respekt, Alda ey.

Oder ist es doch eine Hommage an die „Saw"-Filme? Wie auch immer.

Wir fragten uns in der Redaktion: Wenn Säge - welche Säge könnte konkret gemeint sein? Kettensäge? Fuchsschwanz? Laubsäge? Und da traf uns die Erkenntnis wie eine Kreissäge: Bestimmt ist damit die Nervensäge gemeint.

Entspannen Sie sich wieder. Nichts wird so heiß gegessen, wie es (natürlich halal) gekocht wird. Bitte kommen Sie zurück und nehmen Sie Ihre Arbeit wieder auf.

Sie wissen doch: Sich regen bringt Sägen. Pardon…das war ein „deutsches" Sprichwort. Bitte nehmen Sie unsere Entschuldigung dafür an. Gut gesägt ist halb gewonnen.

Und nun wieder frisch ans Werk mit Ihnen. Wir brauchen Sie und zählen auf Sie. Sollte Sie wieder einmal eine Depression wie ein Hammer den Daumen treffen, dann nehmen sie sich eine Vase für Ihre Tränen mit. Die macht sich im Anschluss gut auf dem Kaminsims. Insbesondere zu Weihnachten (oh…pardon - christlicher Feiertag) ist es ein echter Hingucker für die ganze Familie und versöhnt mit dem Vergangenen."

Mit freundlichen Grüßen

Professor Dr. Dr. Doom - "Haus Seelenfrieden"

EXTRABLATT aus dem Haus Seelenfrieden

„Waidmannsheil - Baum tot!"

14.09.2018

Endlich wird im Hambacher Forst energisch durchgegriffen. RWE lässt den Staat zum Halali gegen selbsternannte Umweltschützer blasen, die sich erdreisten, den Umweltaktivisten RWE von der Arbeit abzuhalten.

Betrachten wir das doch mal logisch: So ein Wald ist doch nur ein Ort der Unruhe, des Schmutzes und voller Gefahren. Tierexkremente soweit das Auge blickt. Zecken. Insekten. Ein potenzielles Ansiedlungsgebiet für Wölfe und somit der Gewalt. Alles ist voller Bäume, die CO_2 assimilieren, damit der CO_2-Abgabe das Leben schwer machen und auch noch den ganzen ekligen Krabbeltieren Asyl gewähren.

Als ob das nicht schlimm genug wäre, so scheint unter dem Hambacher Forst auch noch Kohle zu liegen, die dringend gescheffelt werden muss.

Was wird aus den Fördermitteln aus Steuergeldern? Sollen die Steuerzahler gar umsonst malocht haben? Das darf nicht sein. Kohle ist nichts als Dreck und muss in saubere Energie verwandelt werden. Im Anschluss empfehlen wir, das gesamte Areal zu egalisieren, zementieren und grün anzumalen. Das erfreut das Volk und dient allen.

Auch dem Märchenland Reinhardswald geht es endlich an die Wurzeln. Natur pur, Bäume, Wiesen, Täler, Flüsse, Bäche, Teiche, Seen, Fachwerk, Aussichtstürme, Tiere, Pflanzen, Ruhe, frische Luft, Gesundheit, Bewegung, wandern, klettern, Rad fahren, spazieren gehen, reiten, Schiff- & Kanu fahren, Idylle, mildes Klima und Erholung – wer will das schon? Weg mit dem Dreck.

Wir sollten endlich Herren der Unordnung werden und kaputt machen, was uns den Profit kaputt macht. Wichtig sind Arbeitsplätze.

Was nutzen uns Natur, Wohlbefinden und Atemluft, wenn sie nicht dazu dienen, Hartz-Empfänger in Lohn und Brot zu bringen? Also schmeißt diese Umwelt-fuzzis, Wurzelseppel und Seppelinen endlich aus dem Gefahrenbereich.

Wie sollen Rezzo Schlauch oder Joschka Fischer künftig ihre Brötchen verdienen? Habt Ihr darüber mal nachgedacht, Ihr Waldschrate?

Wie bereits gesagt: Weg mit dem Dreck. Bagger marsch. Gut gesägt ist halb gewonnen. Und dann wird endlich wieder in die Hände gespuckt und ordentlich Kohle gescheffelt. Schließlich wissen wir, was wir Industrie und Aktionären schuldig sind.

Professor Dr. Dr. Doom - "Haus Seelenfrieden"

EXTRABLATT aus dem Haus Seelenfrieden

Klimawandel – Problem gelöst

15.09.2018

Seit vielen Jahren wird das Thema Klimawandel kontrovers diskutiert und nach Lösungsansätzen gesucht. Nun ist es einem Team von Umwelt-Forschern aus unserem „Haus Seelenfrieden" endlich gelungen, die Ursache zu entdecken und einen probaten Lösungsansatz zu liefern.

Die Quelle der Erderwärmung befindet sich in der deutschen Hauptstadt Berlin. Im Gebäude des Reichstags, wurde eine Lebensform entdeckt, die ungeheure thermische Entladungen in Form von heißer Luft emittiert. Selbst Supervulkane wie der Yellowstone oder die Vulkaneifel verblassen daneben. Besagte Lebensform wird von uns als Bindeglied zwischen dem vernunftbegabten Menschen und seinem Vorläufer, dem Australopithecus, eingestuft. Das „Missing Link" wurde vom Forscherteam nicht ohne Stolz auf den Namen Homo Thermicus Sabbliens getauft. In der deutschen Sprache wird das Wesen künftig umgangssprachlich als „Dampfplauderer" bezeichnet werden.

Unser Vorschlag: Machen wir die Kreatur einfach zur ausgestorbenen Lebensform.

Das Prinzip heißt schlicht und einfach: Keine Ursache - keine Wirkung. Homo Thermicus Sabbliens muss konsequent vertrieben werden und das Weltklima ist gerettet. Bitte beachten Sie unsere Ausschreibung: Kammerjäger für Großauftrag in Berlin gesucht.

Professor Dr. Dr. Doom - "Haus Seelenfrieden"

EXTRABLATT aus dem Haus Seelenfrieden

Innenpolitik: Killerclown im Reichstag gesichtet.

15.09.2018

Soeben erreicht uns eine Meldung, wonach im Reichstag ein sogenannter Killerclown gesichtet sein soll. Allerdings gilt die Nachricht noch nicht als verifiziert. Eine ca. zwei Meter große, bedrohlich wirkende, anscheinend stark alkoholisierte Gestalt, hat im Reichstag für Angst und Schrecken gesorgt. Besorgte Politiker der AfD wurden von der extrem bunt gekleideten, affektiert kreischen Gestalt bis auf die Toiletten verfolgt, belästigt und eingeschüchtert.

Das scheinbar sinnlose Gestammel der clownesken Erscheinung wirft Rätsel auf. Demnach handelt es sich um eine Persönlichkeit ungeklärter Herkunft und zweifelhaften Geschlechts, die nach eigenen Aussagen eine gute Freundin der Kanzlerin, der Damen Roth, Beck und Hofreiter sowie des ehemaligen Milliardenjongleurs und Senatspleitiers aus Berlin, Klaus Wowereit, sein soll.

Ihre Beteuerungen, dass sie ein Star sei und „heraus geholt" werden müsse, traf beim Sicherheitsdienst auf offene Ohren. Sollte ihnen also in Reichstagsnähe eine extrem geschminkte, dubiose Gestalt auf sehr hohen Stöckelschuhen entgegengewankt kommen, ihnen Prosecco anbieten und in einem fort „Stößchen" kreischen, dann weichen sie bitte großzügig aus. Bitte nehmen Sie keinen Kontakt auf und rufen sie sofort die Polizei. Schließlich lebt man nur einmal.

Professor Dr. Dr. Doom - "Haus Seelenfrieden"

44

EXTRABLATT aus dem Haus Seelenfrieden

Kultur kurios: Der singende Gockel

15.09.2018

Heute ereilte uns der offene Brief eines dynamischen, aber mutmaßlich verwirrten Seniors aus dem schönen, multikulturellen London:

„Hallo, ich bin's Herbert. Wie ihr vielleicht wisst, arbeite ich gerade an meiner neuen Platte. Ein Lied geht über dieses Glück, das einen plötzlich überfällt. Mich würde interessieren, was euch glücklich macht oder wie ihr ausseht, wenn ihr plötzlich vom Glück überfallen werdet. Das würden wir gerne zusammenbasteln zu einem Video. Wenn ihr uns kleine Filmchen schickt, Clips oder was auch immer – dann wäre die Freude riesengroß, dann würden wir miteinander spüren, was uns das Leben lebenswert macht. Es wär klasse, wenn ihr mitmacht. Alle Infos zu der Aktion findet ihr unten im Anhang. Ich bin jetzt schon mal glücklich und warte.“ (Zitat)

„Ich bin's Herbert" sagte uns zuerst einmal nichts und wir beschlossen daher, uns von des Sängerlings musikalischen Möglichkeiten via Hörprobe zu überzeugen.
Nun: Hübsch ist anders. Allerdings ist ein singendes Huhn (so unsere Vermutung) durchaus originell und hat einen gewissen Vermarktungswert. Papageien sind aus der Vergangenheit bekannt – Wellensittiche ebenfalls. Aber Hühner? Beim „Supertalent" könnte eine

neue Attraktion für das Panoptikum der besonderen Art durchaus Chancen haben.

Nun zum eigentlichen Aufruf des sangesfreudigen Flattermanns: Von Überfällen ist uns in der Redaktion über die Jahre einiges bekannt geworden, Tendenz stark ansteigend. Allerdings zeigten die Betroffenen keinerlei Glücksgefühle. Im Gegenteil. Daher würden wir und die von Überfällen heimgesuchten Überlebenden es als wahres Glück bezeichnen, nichts mehr von dem spaßigen, alten Bardengreis vernehmen zu müssen.

Andererseits haben wir alle natürlich die Verpflichtung, Senioren zu integrieren. Das gilt auch für diejenigen, die zu Absonderlichkeiten neigen, dement werden oder sich bei den alltäglichen Verrichtungen in Sachen Reinlichkeit und Hygiene nicht mehr so recht zu helfen wissen.

Besonders problematisch wird es, wenn sie sich lautstark und nervensägend artikulieren oder, und sei es nur verbal, mit Exkrementen um sich werfen. Das kann schon an der inneren Ausgeglichenheit nagen.

Wir raten daher zu Abstand, denn: „Wo Unheil klingt, da lass Dich bloß nicht nieder, denn alte Gockel krähen immer wieder."

Professor Dr. Dr. Doom - "Haus Seelenfrieden"

EXTRABLATT aus dem Haus Seelenfrieden

Märchenstunde für die kleinen Leser: Pöbel Ralle

16.09.2018

Es war dereinst ein Mann aus Dummsdorf, der war so hässlich, dass jede Katze ihre Jungen in Sicherheit brachte, so sie seiner nur gewahr wurde. Er hörte auf den Namen „Ralle", rannte mir einer Keule, auf der die Buchstaben Z, I, A und N geschrieben standen, wahllos durch die Stadt und schlug damit alle, die bei drei nicht rechtzeitig auf den Bäumen waren. Ralle hatte einen Sohn, der noch seltsamer als sein Vater war. Der Spross aus Ralles Lenden lief, ganz in schwarz gewandet und in Begleitung vieler ebenso gekleideter Burschen, durch die Straßen und schrie in einem Fort „Ralle macht Euch alle!" Doch wenn man ihn selbst schlug, dann weinte er und rief nach seinem Papa, der ihm prompt aus jeder Verlegenheit half.

Die Bürger von Dummsdorf zollen dem Namen ihrer kleinen Stadt Tribut, halten sich „Ihren" Ralle in Ehren und zahlen ihm noch heute ein so treffliches Geld, dass er bis in alle Ewigkeit voller Unzufriedenheit auf ihre Kosten geifern, pöbeln, sabbernd Speichelfäden ziehen, Grimassen schneiden und kloppen darf, dass es nur so eine wahre Freude ist. Und wenn er nicht gestorben ist, dann geifert er bis in alle Ewigkeit. Und die Moral von der Geschichte? Kinder - macht es wie Ralle. Dann habt Ihr später Geld wie Heu, eine hübsche Keule zum Verdreschen Anderer und mächtig viel Hass und Wut bis ans Ende Eurer Tage.

Professor Dr. Dr. Doom - "Haus Seelenfrieden"

EXTRABLATT aus dem Haus Seelenfrieden

Reichstag aktuell: Die Pussyquote

16.09.2018

Bundesjustizministerin Katarina Barley (SPD) möchte den Frauenanteil (Pussyquote) im Bundestag zu erhöhen. Die SPD-Fraktion verlangt in einer Resolution, die Frauenfrage zu einem zentralen Thema bei der ohnehin geplanten Reform des Wahlrechts zu machen. Wir im „Haus Seelenfrieden" halten das für einen Schritt in die richtige Richtung. Nicht umsonst haben wir uns in der Vergangenheit für eine „Mindest-Hässlichkeitsquote" für deutsche Politikerinnen eingesetzt und sehen hier gute Chancen für Synergien. Wenn politisch tätige Frauen so hässlich sind, dass jede Katze vor Entsetzen auf den Teppich pinkelt, stärkt das die Außenpolitik ungemein. Davor hat der Ivan nämlich ungeheure Angst. Und wenn es ganz viele davon im Bundestag gibt, bauen wir ungeahntes Drohpotenzial auf.

In diesem Zusammenhang brauchen wir auch die Transgenderquote. Selbst Putin vergeht nämlich das Lachen, wenn ihm Olivia Jones beim Staatsbankett Blini und Vodka serviert. Dann brauchen wir im Reichstag natürlich noch eine Kinderquote, Behindertenquote (sehr wichtig trotz dort vorhandenem Überangebot), Migrantenquote, Islamistenquote und Claudia Roth-Fanquote. SO kommen wir voran. In diesem Sinne ein kraftvolles „Pussypower!"

Professor Dr. Dr. Doom - "Haus Seelenfrieden"

EXTRABLATT aus dem Haus Seelenfrieden

Natur und Umwelt aktuell: Die Pilzquote

16.09.2018

Zwei Pilzsammler haben in einem Wald bei Waldshut in Baden-Württemberg gegen das Bundesnaturschutzgesetz verstoßen. Einem Zeugen fiel die große Menge an Pilzen auf - worauf der brave Waldblockwart sofort die Polizei verständigte. Die Beamten entdeckten im Auto 19 Kilogramm Steinpilze. Laut Gesetz darf jede Person pro Tag ein Kilogramm Pilze im Wald sammeln.

Da kann einem doch vor Entsetzen das Pilzomelette vergehen, wenn verbrecherische Senioren einen solchen Naturfrevel begehen und brutal Schaden an Mutter Natur anrichten. Von wegen: Das ist UNSER Wald. Dann könnte ja jeder kommen und wie wild Pilze sammeln, die eine Woche später bereits verschimmelt gewesen wären.

Manche sagen: Die rüstigen Rentner haben es vorgezogen, Waldfrüchte zu ernten, anstatt sich wie die anderen Minimalrentenempfänger an den kulinarischen Köstlichkeiten heimischer Mülltonnen zu delektieren. Andere sagen: SO geht das aber nicht.

WIR sagen: Sammelt Pilze im Hambacher Forst. Die Fahrt lohnt sich. Denn dort ist das Bundesnaturschutzgesetz das Klopapier nicht wert, auf dem es geschrieben steht.

Professor Dr. Dr. Doom - "Haus Seelenfrieden"

EXTRABLATT aus dem Haus Seelenfrieden

Gesellschaft: Araberquote für deutsche Frauen

16.09.2018

Stephanie Dötzer, Journalistin beim arabischen Sender „Al Dschasira", Nachwuchpreis der Journalistinnen-Trägerin und Studentin der islamischen Religionssoziologie, hat es in der TAZ auf den Punkt gebracht: *„Deutsche Frauen, die nicht mit Arabern schlafen, sind rassistisch."* Wir schätzen den ungewöhnlichen Ansatzpunkt, sehen aber noch einiges an Optimierungsbedarf. Der Umkehrschluss, dass arabische Frauen, die nicht mit deutschen Männern schlafen, auch rassistisch handeln, ist eine logische Folgerung. Doch leider haben wir damit nur die Spitze des Eisbergs dieses heiklen Themas angekratzt. Was ist mit Eskimos? Wer denkt an die kalten Nächte am nördlichen Polarkreis? Oder die nächtlichen Freuden von Sahara-West? Nigeria? Liberia? Kamerun?
Wir schlagen vor, alle deutschen Frauen als Botschafterinnen des guten Willens im Sinne internationaler Toleranzbestrebungen mit 18 Monaten Sexpflicht über die Länder der Welt zu verteilen, wo sie dann im Sinne der Menschheit ihre Dienste an der Allgemeinheit leisten müssen. Wir haben schon eine Anfrage einer Stammesgemeinschaft aus Lumumbaland vorliegen, wo man sich sehr auf den persönlichen Einsatz von Frau Dötzer freut. Nun denn, Frau Dötzer: Wir wünschen eine gute Reise mit leichter Kleidung und viel Spaß bei der Arbeit.

Professor Dr. Dr. Doom - "Haus Seelenfrieden"

EXTRABLATT aus dem Haus Seelenfrieden

Kohlevorkommen unter dem Reichstag lokalisiert.

16.09.2018

Das Forscherteam unserer Abteilung „Überraschungen von nebenan" hat uns mitgeteilt, dass davon auszugehen ist, dass sich riesige Kohlevorkommen unter dem Reichstag und dem Flughafen BER befinden. Aber auch unter den privaten Liegenschaften von Angela Merkel, Sigmar Gabriel, Claudia Roth und Cem Özdemir sieht es verdächtig nach mächtig gewaltig viel Kohle aus. Unser Team ist sich allerdings noch nicht sicher, ob es sich dabei nur um Schwarzgeldvorkommen oder echte Steinkohle handelt und überprüft derzeit noch die Resonanzfrequenzen.

Ausgehend vom Fall der Fälle, dass es sich um echte Steinkohle handeln könnte, haben wir als brave Staatsbürger sofort RWE verständigt. Mit der uns avisierten Tipp-Provision werden wir für viele Jahre über genug Kohle für unsere hochwertige journalistische Tätigkeit verfügen.

Also, liebe Reichstagsbewohner. Die Köfferchen gepackt und nichts wie weg mit Euch. Wir brauchen die Kohle. Bitte nehmt unbedingt Frau Merkel und Herrn Steinmeier mit. Die wären bei produktiver Arbeit sowieso nur im Wege. Ein freundlicher Hinweis: Im Ausland werden noch politische Fachkräfte gesucht. Details und Diplomatenstatus gibt es bei Konsul B. Becker im Konsulat von Lumumbaland.

Professor Dr. Dr. Doom - "Haus Seelenfrieden"

EXTRABLATT aus dem Haus Seelenfrieden

Politik: Absolute Wahrheit…aber bitte in Maaßen

17.09.2018

Bundeskanzlerin Angela Merkel wünscht sich eine Ablösung Hans-Georg Maaßens als Präsident des Bundesverfassungsschutzes. Bei einem Krisentreffen der Parteivorsitzenden der großen Koalition scheint eine Entscheidung über die Zukunft Maaßens gefallen zu sein.

Merkel hält Maaßen als Behördenleiter nicht mehr für tragbar, weil er sich in die Tagespolitik eingemischt hat. „Mir ist scheißegal, was der Horst dazu sagt", soll sich die beliebte Regentin geäußert haben. „Der Schmutzfink fliegt raus!" Ihr Wunsch nach einer Guillotine vor dem Reichstag für unbelehrbare Nestbeschmutzer gilt allerdings als unbestätigt.

„Wes Brot ich ess`…des Lied ich sing": Das wäre die richtige Maxime gewesen, Herr Maaßen. Schließlich können Sie nicht erwarten, dass „Die Göttliche" Einsicht zeigt, wenn irgendein Rüpel nichtlizensierte Wahrheiten unters Volk bringt, an der allmächtigen Herrscherin zweifelt oder gar ihre Liebe zur Wahrheit anzweifelt. Unsere gütige Staatsratsvorsitzende irrt nie! Verstanden?

Charmant ist, dass in einem Land ohne Verfassung ein Verfassungsgericht über die Verfassungskonformität von „Dingen" entscheidet und sich als Exekutiv-Hofhund einen Verfassungsschutz hält, der spätestens seit dem Celler Loch auf den Hund gekommen ist. Das wirft die Frage auf, in welcher Verfassung sich Deutschland befindet.

Wenn wir uns einmal den Spaß machen, eine Liste der Merkwürdigkeiten der letzten Jahre aus dem Hause des Verfassungsschutzes zu machen, dann kommt einiges zusammen.

Was war damals wirklich mit der Wehrsportgruppe Hoffmann und dem Oktoberfestattentat von 1980? Was geschah tatsächlich beim Anschlag von Solingen und durch wen? NSU und kein Ende? Warum 120 Jahre Datensperre in einem Rechtsstaat? Sind Beate Zschäpe, Uwe Böhnhardt und Uwe Mundlos vielleicht IM des Verfassungsschutzes gewesen?

Der Rechtsanwalt und Bürgerrechtsaktivist Rolf Gössner ordnet den NSU in die Geschichte heilloser V-Leute-Verstrickungen. Wie kommen Menschen bei einem Brand im Camper ums Leben, ohne Rauchgas in den Lungen zu haben? Fragen über Fragen…wer kann uns die Antwort sagen?

Maaßen Maaßen an der Wand. Ihr seid der Informierteste im V-Schutz-Land. So tut uns Eure Weisheit kund! Jedoch man hält diskret den Mund.

Unser Kommentar dazu: Macht doch was Ihr wollt. Oh…zu spät. Macht Ihr ja schon lange, gell?

Professor Dr. Dr. Doom - "Haus Seelenfrieden"

EXTRABLATT aus dem Haus Seelenfrieden

Politik aktuell: SPD und Antifa – so viel Spaß

17.09.2018

Sollte die SPD im Kampf gegen rechts auch mit Antifa und Antideutschen zusammenarbeiten? „Die SPD ist auf breite Bündnisse angewiesen", so Angela Marquardt in der Septemberausgabe des Vorwärts. „Niemand will Bündnisse mit gewaltbereiten Schlägern, aber gerade weil insbesondere junge Menschen, die sich antifaschistisch und antirassistisch in diesem Land engagieren, oft kriminalisiert und vorverurteilt werden, ist es verdammt noch mal unsere Aufgabe, an ihrer Seite zu stehen." Frau Marquardt ist laut „Vorwärts" die Geschäftsführerin der „Denkfabrik der SPD".

Unser Kommentar dazu: Weiter so, liebe SPD. Wir begrüßen zuerst einmal die Installation einer Denkfabrik. Das war höchst überfällig. Denken galt in der Vergangenheit im Sozialistenstadl nicht unbedingt als große Stärke. Wie auch immer.

Gerade die Antifa, die jungen, engagierten Bürgern des Landes die Möglichkeit zur Aggressionskompensation in Form sportlicher Straßenaktivitäten bietet, kann anscheinend gar nicht genug unterstützt werden. Dazu kommt der Faktor Wirtschaftsbelebung. Wie viele Fensterscheiben und Autos konnten dank des Einsatzes der jungen Leute ersetzt werden? Die Glasereibetriebe sind jedenfalls hoch erfreut.

Auch in den Kliniken ist die Freude groß, weil die Ambulanzen endlich ausgelastet sind. Dazu kommt die Erstarkung der klassischen Familienstruktur, da die jungen Leute bis ins hohe Alter bei Mutti wohnen. So wird auch der Wohnungsmarkt entspannt.

Unserer Meinung fehlt noch die musische Komponente. Wie wäre es mit „Tri tra trullala - Antifa ist auch schon da" oder „Die Fahnen hoch - die Reihen fest geschlossen"?

Wie wäre es, die Antifa-Klopperkinder einfach als Sportverein zur allgemeinen Leibesertüchtigung anzumelden? Spiel, Spaß, Spannung und Abenteuer wie neulich in Hamburg oder Leipzig? Barrikadenbau für den Hürdenlauf? Lieber Steine schmeißen statt Hammerwerfen? Sägeblätter statt Diskus?

Die Sanierungskosten für brennende Autos, lädierte Häuser und kaputte Straßen trägt der Steuerzahler. Und was sagt die SPD dazu?

Wir sind uns sicher, dass gerade eine Denkfabrik wie die der SPD probate Vorschläge erarbeiten wird und wünschen dabei viel Erfolg. Wahrscheinlich wird es sich nach altem Brauch um Steuererhöhungen handeln. Wie wir alle wissen: gar selig ist der Sozialist, wenn er nur gut bei Kasse ist.

Professor Dr. Dr. Doom - "Haus Seelenfrieden"

EXTRABLATT aus dem Haus Seelenfrieden

Politik: „Hausputz beim Verfassungsschutz!"

17.09.2018

BfV-Präsident Hans-Georg Maaßen hat den Verfassungsschutz in eine tiefe Vertrauenskrise gestürzt, sagt Grünen-Innenexpertin Irene Mihalic und fordert einen kompletten Neustart".

Wir aus dem „Haus Seelenfrieden" können diesen Vorschlag nur begrüßen und unterstützen. Die Aktionen „Schwamm drüber" und „Schreddermobil" haben sich schon bei der Neuordnung der Stasi bewährt. Schließlich kann man nicht permanent ins vergossene Bier weinen und der Vergangenheit nachtrauern.

Auch eine grundlegende Bereinigung der vollkommen überlasteten Datenspeicher beim Verfassungsschutz tut Not, sei Heiko Maas einen förmlichen Daten-Tsunami ausgelöst hat. Da muss mal gründlich ausgekehrt werden.

Wozu noch mit Alt-Datenmüll wie Angela Merkels Vorgeschichte, ihren Aussagen zu Chemnitz, den wahren Hintergründen Ihrer Heirat, dem Geheimnis ihrer Schönheit, Helmut Kohls Spendenaffäre, dem Celler Loch, Schäubles magischer Schwarzgeldschublade, Joschka Fischers Steineschmeißerei oder Cohn-Bendits Freundeskreis und seiner großen Sympathie für Kindergärten, den NSU-Peinlichkeiten, Barschels Freitod oder Berlin Breitscheidplatz belasten?

Wir sagen: Schwamm drüber, Löschen, Vergeben, Vergessen, Lächeln. Basta.

Fehlt nur noch ein neuer Name für das „Unternehmen Zukunft" der inneren Sicherheit. Unser Vorschlag:

56

„GEVOSI". Die „Geheime Volks Sicherheit" wird's schon richten. Gerüchten zufolge wurde aus Markus Wolfs archiviertem Genmaterial bereits ein Klon hergestellt und auf die kommenden Taten als Verfassungsschutz-Führer der Zukunft vorbereitet.

Die Datensammelwut der deutschen Geheimdienste hat Altpapier in nahezu unbegrenzter Menge produziert. Ganze Wälder mussten daran glauben und ihr Leben aushauchen. Nutzen wir doch einfach die Gunst der Stunde und recyceln das Material. Machen wir es zu dem, was es schon vorher war, nämlich Klopapier. Nur eben für den praktischen Gebrauch.

Wir können natürlich nicht ausschließen, dass auf diesem Wege die stillen Örtchen der Deutschen ausgespäht werden. Dieses Papier hat das nämlich von der Pike auf gelernt. Aber man muss auch mal vertrauen können, wenn man mal muss.

In diesem Sinne: „Baut auf, baut auf". Ach ja: „Die Partei, die Partei, die hat immer recht und die Angela sowieso."

Professor Dr. Dr. Doom - "Haus Seelenfrieden"

EXTRABLATT aus dem „Haus Seelenfrieden"

„Flüchtlinge sind eine Bereicherung. Basta!"

18.09.2018

Laut einem Artikel aus der „Welt" glaubt die Mehrheit der Deutschen, dass die aufgenommenen Flüchtlinge Deutschland kulturell langfristig bereichern werden. Die Quelle ist laut „Welt" der Integrationsmonitor des Sachverständigenrates deutscher Stiftungen für Integration und Migration.

Böse Zungen hingegen behaupten hartnäckig, dass es sich bei der erwähnten Bereicherung um die einnehmende Art der uns heimsuchenden heimatsuchenden Jungunternehmer in Sachen Sozialtourismus handelt. Wir haben die Gunst der Stunde genutzt und uns bei Fachleuten insbesondere aus dem Stiftungswesen erkundigt. Das Ergebnis: Eine Bereicherung findet statt. So oder so.

Stiftungen kennen sich mit dem Thema aus. Sie sind groß in Mode und bereichern sich und dadurch uns ungemein. Es gibt sie in vielen Ausrichtungen.

Da wäre zum Beispiel die gute, alte „Brandstiftung", die sich immer größerer Beliebtheit erfreut.

Auch die „Anstiftung" zum Handel mit interessanten pflanzlichen Produkten und Stimulanzien, nationalitätenübergreifendem Kampfsport zur Leibesertüchtigung, ritueller Beschneidung, generationenübergreifender Hochzeit mit Alterspflegeaspekten, feierlichem „Halal"-Brauchtum auf den Balkonen und zu romantischen Beziehungen zur Tierwelt haben wir in der Vergangenheit so nicht gekannt. Doch unter uns: Wir könnten nicht mehr ohne.

Unsere Kultur beginnt sich nachhaltig zu verändern und wird von Tag zu Tag bunter. Die exotischen Einflüsse nehmen rasant an Fahrt auf und sind zu einem täglichen Quell der Freude geworden.

Was wäre der Start in den Tag ohne die fröhlichen Gesänge vom Minarett?

Was wäre der Schulalltag ohne die sportlichen, kleinen kumpelhaften Rauferereien unter Kindern?

Was wäre die deutsche Sprache ohne das liebgewonnene „Boah, Alda, ey" oder „Isch fick Dein Mudda?"

Auch die ambulanten Kleingewerbetreibenden, die an den Bushaltestellen und in den Parks exotische, wohlduftende Blüten und Blätter vertreiben - was wären wir ohne sie?

Selbst das in der Vergangenheit eher verrufene amouröse Gewerbe ist dank der Geschäftsbelebung wie der Phönix aus der Asche auferstanden.

Darum sagen wir herzlich und aus tiefster Seele: Marḥaban! Und immer schön fröhlich bleiben.

Professor Dr. Dr. Doom - "Haus Seelenfrieden"

EXTRABLATT aus dem „Haus Seelenfrieden"

„Rotkäppchen – Halali! Der Wolf ist tot!"

18.09.2018

In elf Monaten wählt Sachsen seinen neuen Landtag. Die Partei, die Profil gewinnen will, weil sie keins mehr hat, ist die sächsische CDU. Die neueste Idee: Eine Kampagne für den Wolfsabschuss!

Diese Kampagne soll zeigen, dass viele Menschen in Sachsen neue Regeln zum Umgang mit dem Wolf wollen", sagte unlängst CDU-Sachsen-General Alexander Dierks.

Der umtriebige Gefahren-Präventions-Experte der Union und Sachsenwald-Rambo hat hier eine interessante Idee, die sicherlich helfen könnte, das Gefahrenproblem in den Griff zu bekommen. Also nichts wie ran an den Feind. Aber wenn schon ballern - dann bitte richtig!

Unser waidmännisch korrekter Expertenkommentar dazu: Es ist in der Tat so, dass von Wölfen Gefahren ausgehen. Ein Landwirt, der feststellen muss, was ein Rudel Wölfe in seiner Schafsherde anrichten kann, ist wirklich zu bedauern und sollte daher großzügig entschädigt werden.

Allerdings halten sowohl wir vom „Haus Seelenfrieden" als auch „viele Menschen in Sachsen" die Parteien, insbesondere die CDU, für eine erheblich bedrohlichere Gefahr, als ein paar scheue Wölfe.

In der Tat wären neue Regeln für den Umgang mit Politikern durchaus den einen oder anderen Gedanken wert.

Die letzten vier Jahre CDU-Regierung haben eine erheblich höhere Human-Mortalitätsquote erzielt als es allen Wolfsbeständen der Welt gelungen ist. Respekt. Auch SPD und Co. sind diesbezüglich gut am Ball geblieben.

Egal ob Waffenexporte, Umweltmodifikation, Migration, Multikulti, Impfungen, Glyphosat oder Chemtrails: Deutsche Politik ist Hochleistungspolitik der besonderen Art mit maßgeblichen Mortalitäts-Erfolgen. Drastische Vorgänge erfordern drastische Maßnahmen.

Wir harren der erweiterten Vorschläge von Alexander Dierks (CDU) und schlagen ein Projekt „Terminator" vor, um als Pilotprojekt Sachsen von ALLEN Gefahren zu befreien. Mit etwas Glück könnte daraus eine positive Entwicklung für die gesamte Republik resultieren. Vielleicht kommen wir mit etwas Glück langfristig in die Situation, Schutzzonen oder Reservate für Politiker einrichten zu müssen. Gut - der Gedanke ist ungewöhnlich und schwer realisierbar, hat aber seinen ganz besonderen Reiz. Man wird ja mal träumen dürfen.

In diesem Sinne Waidmannsheil und Halali.

Professor Dr. Dr. Doom - "Haus Seelenfrieden"

EXTRABLATT aus dem „Haus Seelenfrieden"

SPD – GROKO Frust und GROKO-Lust

19.09.2018

Laut ARD Tagesshow vom 19.09.2018 gibt es in der SPD massive Kritik am Koalitionspartner CSU wegen der geplanten Beförderung von Hans-Georg Maaßen. Besonders scharf äußerten sich die stellvertretende SPD-Bundesvorsitzende Natascha Kohnen und Juso-Chef Kevin Kühnert, der das Ende der GROKO fordert.

Der Kommentar der GROKO-Experten aus dem „Haus Seelenfrieden" dazu:

Die Kritik seitens der SPD an der GROKO ist so alt, wie die GROKO selbst. Seit sich die feuerrote Spielmobil-Partei endgültig an den Teufel bzw. die Teufelin für Feuerwasser, Glasperlen und Mandate verscherbelt und die Ohren der bürgerlichen Hoffnung auf Demokratie an die Pforten des Reichstags genagelt hat, ist der tägliche Frohsinn durch die spaßigen Eskapaden der SPD-Politiker ins Unermessliche angestiegen. Widde widde witt…wir machen alles mit. Egal ob Heikos Netzkillergesetze, kreativer Völkerrechts-Interpretationen, Waffenexporte en Gros, versemmelte Steuergeld-Billionen, Heerscharen von importierten Stahlwaren-Experten auf Kosten der Steuerzahler, kreativen Auslegungen des Rechtssystems, permanenter Diätenerhöhungen und anderen lustigen Ideen - juchhei, wir sind dabei. Skrupel sind uns scheißegal - zumindest bis zur nächsten Wahl.

Nun stellt man in der SPD erneut fest, dass eine GROKO vielleicht doch suboptimal ist. Das ist verständlich, da die Wählerschaft der SPD demnächst immerhin vierstellig sein könnte.

Bitte liebe Genossen: Weiter so. Das spaßige Geplapper von Nahles, Schulz, Stegner, Steinmeier, dem lustigen Lockenwunder Natscha Kohnen oder Kevin Kühnert, der SPD-Milchsemmel-Antwort auf Philipp Amthor, hat so viel Satirepotenzial, dass wir bis Weihnachten ausgelastet sind. Danke dafür.

Nun die schlechte Nachricht für die Sozen, aber auch die Spaßvögel aus den anderen Parteien: Informationen aus dem Vatikan zufolge kauft die Hölle keine Kleriker- und Politiker-Seelen mehr an. Das passiert bei einem Überangebot von Dingen, die niemand will. Der Vorteil: Ihr bekommt später „Hölle satt" gratis. Wir hingegen haben sie jetzt schon und müssen dafür berappen, ohne jemals gefragt worden zu sein.

Gar selig ist der Sozialist, wenn er nur gut bei Kasse ist.

www.b-b-boss.de

Professor Dr. Dr. Doom - "Haus Seelenfrieden"

EXTRABLATT aus dem „Haus Seelenfrieden"

Wenn der Sultan kommt - We are Erdogan

19.09.2018

Endlich ist es wieder soweit, dass ein orientalischer Prunkherrscher den farbenfrohen Charme von 1001 Nacht in unser kulturarmes Land bringt. In wenigen Tagen wird der türkische Staatspräsident Recep Tayyip Erdogan Deutschland besuchen.
Laut Ankündigung des türkisch-islamischen Verbands Ditib wird Erdogan bei seinem Staatsbesuch die Kölner Ditib-Zentralmoschee offiziell eröffnen.
Die „Türkisch-Islamische Union der Anstalt für Religion" (Ditib) untersteht der staatlichen, türkischen Religionsbehörde, die direkt vom türkischen Präsidenten Erdogan kontrolliert wird. Viele Ditib-Imame in Deutschland sind daher türkische Staatsbeamte.
Und wieder ein Schritt in die richtige Richtung. Wenn wir an die Geschichte denken und uns erinnern, wie dereinst die Türken vor den Toren Wiens standen und erfolglos wieder abziehen mussten, dann wird uns nicht wirklich warm ums Herz. Denn SO, liebe Leser, geht Integration definitiv NICHT.
Nun können wir erwartungsvoll auf die Zukunft blicken und uns auf den Tag freuen, wo Deutschland in einem Meer aus roten Fahnen versinkt, Kanzler Özdemir in Neu-Ankara (ehemals Berlin) das Kalifat verkündet und die Scharia-Ministerin Roth persönlich die erste öffentliche Auspeitschung von Nazis vornimmt.
Die künftige Religionsministerin Özoguz freut sich schon auf die Installation der täglichen 5 Pflicht-

Gebete für Deutsche und den verbindlichen Moscheen-Besuch.

Die internationale Gebetsteppich-Industrie begrüßt diese Entwicklung und stellt den ersten deutschen fliegenden Volks-Teppich in Aussicht. In Bayreuth werden die Wagner-Festspiele endlich von Sufi-Anhängern neuinterpretiert und Bayern erhält Bier- und Haxen-Verbot.

Natürlich gibt es wie immer Kritiker und Schandmäuler, die sich den postiven Aspekten verschließen. Gönnt Euch lieber mal eine Portion Baklava, einen leckeren Döner, ein Pfeifchen Rauchkraut und vier willfährige Ehefrauen, Ihr Miesmacher. Das entspannt ungemein und zeigt Euch den Charme orientalischer Kultur pur.

Vielleicht darf man sich künftig beim Alkoholgenuss nicht erwischen lassen, denn Allah sieht alles. Aber dafür gibt es ein Züchtigungsrecht für das Eheweib oder die ganze Sammlung. Dann quatscht Euch endlich beim abendlichen TV-Fußballgenuss keiner mehr das Sportvergnügen kaputt.

Wir freuen uns, dass diese Maßnahmen unser Land auf den rechten Weg nach Mekka bringen werden und das lästige Läuten der Kirchenglocken durch die fröhlichen Gesänge von des Turmes Höhe ersetzt wird. SO geht Kultur. SO geht Integration. WIR sind Erdogan.

Professor Dr. Dr. Doom - "Haus Seelenfrieden"

EXTRABLATT aus dem „Haus Seelenfrieden"

Gesellschaft: Der Führer ohne Führerschein

19.09.2018

Wie werde ich ohne Führerschein der Führer eines Fahrzeugs? Kein Problem - während die Schweden zehntausende Kronen Bußgeld dafür zahlen müssen, dürfen Migranten nun wohl ungehindert am Steuer sitzen. Ein Gericht hat einen Bosnier freigesprochen, nachdem dieser sich weigerte, eine Kopie seiner Fahrerlaubnis aus seinem Heimatland anzufordern, berichtet die Zeitung Fria Tider.

Doch auch in Deutschland ist es zu einer Massen-(Fort)-Bewegung geworden. Zwischen 150.000 und 200.000 unserer neuen Mitbürger tummeln sich nach Schätzungen ohne Führerschein, aber mit Auto, im Straßenverkehr. Wir mutmaßen, dass es sich um diejenigen handelt, die allesamt am ersten Januar geboren wurden und daher wahrscheinlich am ersten April gezeugt worden sein müssen.

Das Phänomen ist allerdings leicht erklärt. Natürlich verfügen die Neubürger über Führerscheine. Doch leider hat die EU die neuen EU-Führerscheine für Esel, Ochsenkarren, Kamele und fliegende Teppiche noch nicht ausreichend reguliert oder 1:1 auf PKW übertragbar gemacht.

Wir blicken auch hier optimistisch in die Zukunft. Die EU wird es schon richten und dann herrscht endlich wieder Ordnung beim Verkehr.

Professor Dr. Dr. Doom - "Haus Seelenfrieden"

EXTRABLATT aus dem „Haus Seelenfrieden"

Natur: Glyphosat für eine saubere Umwelt

20.08.2012

Bereits heute gibt es in der Schweiz wegen des hohen Pestizideinsatzes ein Vogel- Fisch- und Insektensterben und das ist gut so. Machen wir uns doch mal nicht ins Hemd: Wer braucht schon diese lästigen Viecher, die einem in aller Herrgottsfrühe die Ohren vollträllern und Dächer vollscheißen? Haben die Bürger immer noch nicht verstanden, dass Fische und anderes Viehzeugs in UNSER Trinkwasser pinkeln? Diese Sauerei muss endlich ein Ende haben.

Die Initiative der Schweizer Regierung „Klares Wasser für alle" hat einen Plan. Gemäß der neuen Gewässerschutzverordnung soll bei 25 Pestiziden den Grenzwert zum Teil massiv erhöht werden. Für das umstrittene Pestizid Glyphosat würde sich der Grenzwert um das Hundertfache erhöhen. Das sollte reichen, um das Klassenziel in Sachen Wasserqualität zu erreichen. Unsere Anerkennung gilt daher den tapferen Eidgenossen, die sich der die Umwelt vergüllenden Fauna mutig in den Weg stellen, und die Qualität des verschmutzten Trinkwassers auf die Stufe destillierten Wasser bringen. Wir Deutschen revanchieren uns dafür mit der hygienischen Bereinigung von Waldflächen, in denen unnütze Biester ihr Unwesen treiben und alles verdrecken.

Auf eine keimfreie Umwelt und klares Wasser im Land, in dem wir gut und gern leben. Hurra.

Professor Dr. Dr. Doom – Haus Seelenfrieden"

EXTRABLATT aus dem „Haus Seelenfrieden"

Soziales: An der Pflege soll man nicht Spahn

20.09.2018

Da ist was faul im Pflegeland. Aber was kann es nur sein? Faulenzertum, die falsche Einstellung und Geldgier fallen einem zuerst ein. Und natürlich Ausreden ohne Ende.

Hunderttausende Pflegekräfte fühlen sich durch Überlastung, Dauerstress und geringe Bezahlung ausgezehrt. Nach einer Mitte März vom Deutschen Institut für angewandte Pflegeforschung vorgelegten Studie gibt es zurzeit 17.000 unbesetzte Stellen in Pflegeheimen.

Also, liebe Pflegekräfte: Mit dem unerträglichen Dauergewinsel ist jetzt Schluss. Da wird ja die Milch sauer. Aus die Maus. Ende im Gelände. Schicht im Schacht. Schluss die Nuss.

Apropos Nuss: Zur Abfederung des Pflegekräftemangels in Kliniken und Heimen möchte Bundesgesundheitsminister Jens Spahn, dass Pflegekräfte mehr arbeiten.

"Wenn von einer Million Pflegekräften 100.000 nur drei, vier Stunden mehr pro Woche arbeiten würden, wäre schon viel gewonnen", sagte der sympathische Gesundheits- und Innereienexperte aus der CDU.

Recht hat er. Krempelt endlich die Ärmel hoch, Ihr Pflegeluschen und nichts wie ran ans Werk.

Wir im „Haus Seelenfrieden" meinen: Euch Pflegekräften fehlt einfach der Blick über den Tellerrand. Eigentlich müssten sie im Dienste an der guten Sache unentgeltlich arbeiten. 20 Stunden am Tag. Das nennt man soziales Engagement. Bedenkt, Ihr kleinen Faulpelze: Eines Tages werdet Ihr alle Pflegefälle sein. In Eurem Fall meist wegen Rücken. Und dann werdet Ihr Euch freuen, wenn Euch auch alles unentgeltlich vorgeschleppt wird. Also: Weitsicht ist gefragt, klar?

Sollte Ihr nach wie vor nicht spuren wollen: Es stehen bereits Millionen von fachkundigen Pflegekräften irgendwo in Europas Außenbezirken und noch weiter weg bereit, um künftig Eure Jobs für einen Apfel und ein Ei zu übernehmen. Das gilt übrigens auch für den Rest der Niedriglöhner, Minderqualifizierte, Bauarbeiter oder Einzelhandelskaufleute.

Seid nicht so gierig, oder ihr werdet ausgesondert und abgeschafft. Besser noch: Gewöhnt Euch schon einmal an den Gedanken. Spätestens die nächste Generation von Pflegerobotern und Hausbaumaschinen macht Euch komplett überflüssig.

Nun die gute Nachricht: Wir versprechen Euch, dass Ihr weder an Altersarmut noch an mangelnder Rente leiden werdet. Ihr werdet auch nicht lange Pflegefall sein. Und dann werdet Ihr Euch alle zurückbesinnen, wenn die Demenz es zulässt und sagen: „Danke Spahn!"

Professor Dr. Dr. Doom - "Haus Seelenfrieden"

EXTRABLATT aus dem „Haus Seelenfrieden"

Wahlumfrage aktuell: SPD - Die Promillepartei

20.09.2018

Die „Bild"-Zeitung meldet ein neues Umfrageergebnis. Die SPD gönnt sich demnach nur noch einen kleinen Schluck aus der Wahl-Prognose-Flasche mit nicht wirklich beeindruckenden 16 % der Stimmen.
Bei kritischer Betrachtung dieser Zahl wird vergessen, dass es bei einer Wahlbeteiligung von etwa 70% gerade mal 11% Zustimmung durch die Gesamtbevölkerung gibt. Step by Step nähert sich die SPD einem Bereich, wo selbst Promille-Werte eine lebensrettende Bedeutung haben könnten.
Gerüchten zufolge hat der Promille-Sachverständige der SPD, Martin Schulz, einen Vorschlag zur Änderung des Wahlgesetzes unterbreitet, wonach auch „Stammtischpolitik" künftig vollwertig in die Stimmberechnung eingehen soll.
In jeder SPD-Ortsverein-Eckkneipe, bei jedem Stammtisch wie auch bei Parteitagen werden künftig nur noch Hausweine mit Etiketten-Portraits geeigneter SPD-Politiker ausgeschenkt. Danach wird gemessen und direkt an den Reichstag gemeldet.
Das SPD-Rettungs-Konzept heißt: „Schönsaufen". Sollten sich alle SPD-Wähler, Mitglieder und Professionals einig sein und fröhlich tief ins Glas schauen, bestünde eine Chance auf Rettung vor dem freien Fall bis in den Bereich der Minus-Stimmen.
Berechnungen zufolge erzielt man beim Schönsaufen mit dem leckeren Oppenheimer Krötenloch „Edition Nahles" locker die in diesem schweren Fall zu erwar-

70

tenden 3,0 Promille. Noch höher ist der Promille-Ertrag bei der „Edition Stegner" (3,75 Promille) und dem besonders schwerem Hardcore-Säufer-Motivator-Stöffchen „Edition Högl" (4,2 Promille).
Doch alleine mit Stammtischpolitik ist der Drops noch lange nicht gelutscht. Es geht um Masse statt Klasse. Kein Volksfest mehr ohne SPD-Pils bis zum Koma. Unter Brücken und in den Parks, im Obdachlosen-wohnheim, bei Demos oder in Selbsthilfegruppen - Freibier für alle.
Das Konzept der „Bierolympics" könnte wahre Wun-der wirken. Aber leider hat sich der Promille-Spitzensport noch nicht durchsetzen können. Dabei könnte ein Ex-Professional wie Martin Schulz alle anderen Athleten vor Neid erblassen lassen. Und doch hat der neue Massen-Sport des einarmigen Reißens Potenzial.
Die SPD rekrutiert derzeit erfolgreich in den Fußgän-gerzonen und Fußballstadien Neumitglieder mit eiser-ner Leber und geht davon aus, demnächst mit 1020 Promille eine Alleinregierung stellen zu können. Da-rauf ein Prösterchen und reichlich ASS.

Professor Dr. Dr. Doom - "Haus Seelenfrieden"

EXTRABLATT aus dem „Haus Seelenfrieden"

Kultur aktuell: Das Mönchengladbach-Harakiri

21.09.2018

Am Mittwoch wurde in Mönchengladbach von einem Passanten ein toter Mann entdeckt. Es handelte es sich dabei um Marcel K. (32), einen der Gründer der Hogesa-Demos. Nun gaben Staatsanwaltschaft und Polizei bekannt: Marcel K. nahm sich selbst das Leben! Der Tote wurde obduziert. Das Ergebnis der Untersuchung: Marcel K. hat sich offenbar diverse Male selbst erstochen. Gerüchten zufolge hat die Deutsch-Japanische Gesellschaft e.V., Ortsgruppe Mönchengladbach, den Vorgang voller Ehrerbietung zur Kenntnis genommen. Seppuku oder auch Harakiri, also die stilvolle Selbsttötung via Klinge, ist heutzutage in NRW bei weitem nicht mehr so beliebt wie früher. Das erklärt die laienhafte Durchführung. Erfahrungsgemäß nutzt man Bauch und Unterleib, nicht hingegen die Brust. Sonst dauert das ja Ewigkeiten.
Anscheinend war Herrn K. ebenfalls nicht bekannt, dass man zur vollen Erlangung der Ehre im Finale der Tat auch geköpft werden muss. Wir werden diese Information verbreiten und gehen davon aus, dass sich künftig Seppuku-Begehende nach vollbrachter Tat auch per Schwerthieb selbst köpfen werden. So viel Zeit muss sein. Vorsichtige Einschätzungen lassen vermuten, dass es künftig Wettbewerbe in dieser Disziplin geben könnte, die durchaus das Potenzial zur Massenbewegung hat. Lassen wir uns überraschen.

Professor Dr. Dr. Doom - "Haus Seelenfrieden"

72

EXTRABLATT aus dem „Haus Seelenfrieden"

Kultur aktuell: Boostedt - Der Kasper kommt

21.09.2018

Eigentlich hatten sich die Boostedter ihr Leben etwas anders vorgestellt: Ländlich, idyllisch und vor allem langweilig. Berechenbar. Doch nun war endlich Schluss mit der Tristesse. Innenminister Hans-Joachim Grote sei Dank wurde eine spaßige Veranstaltung unter der Maxime „Der Kasper kommt" abgehalten. Und der Kasper kam.

Hier die Tri-Tra-Trulla-Kasper-Partyfakten aus dem schönen Boostedt: 4.500 Einwohner, 1.230 Asylbewerber, 859 davon ausreisepflichtig, Alkoholexzesse, Drogengeschäfte und Schlägereien. Die intoleranten Boostedter rechtsextremistischen Langweiler wollen das nicht mehr.

Das Innenministerium meint: „Ist uns doch egal! Wir feiern weiter bis 2024. Bätschi. Danach zieht die Partymeile nach Neumünster weiter. Ho Ja Ho Ja Ho! Und dann kommt der Kasper wieder."

Nun zur Aufführung des beliebten Puppen-Stadels. Sie war unspektakulär, um nicht zu sagen öde. Innenminister und Kasper erschienen ohne die Großmutter, die unlängst im Klinikum an einer dubiosen, afrikanischen Importkrankheit verstarb.

Der Polizist des lustigen Puppentheaters hat unlängst rituellen Selbstmord verübt und sich 56 Mal in sein Dienst-Taschenmesser gestürzt. Gretel lebt auch nicht mehr - sie hat sich selbst verschleppt, vergewaltigt und danach mit den eigenen Socken stranguliert.

Das Krokodil hat umgesattelt und verkauft Drogen vor der Kaserne. Der Kasper hatte nur einen einzigen Satz im Monolog: „Wir schaffen das". Auf Dauer also unbefriedigend.

Wir konnten uns bei einem Lokaltermin des Eindrucks allgemeiner Niedergeschlagenheit des Puppen-Ensembles nicht erwehren. Wie beseitigt man des Kaspers Depressionen und seinen beginnenden Alkoholismus? Gibt es noch einen Ersatz für die verstorbene Großmutter? Erschießt ein sächsischer Oberförster Rotkäppchens Wolf? Wer ersetzt künftig Gretel?

Nach einer Zeit des Bangens besteht wieder Hoffnung für eine fröhliche Kasperle-Theater-Zukunft. Die GRÜNEN sollen vorgeschlagen haben, die alten Stücke gendergerecht umzusetzen. Auch der bunte Aspekt der Völkerverständigung und des Multi-Kultis soll mehr Berücksichtigung finden.

Allein die Umsetzung aller sechzig Gendermöglichkeiten verspricht Unterhaltung pur. Künftig wird der Kasper nach einer Geschlechtsumwandlung als Prinzessin Scheherezade im Puppen-Harem auftreten und Geschichten aus 1001 Nacht vortragen. Wir warten gespannt auf seinen angekündigten „Isch fick Eusch alle, Alda"-Monolog und die neue Figur vom wollüstigen Esel. Neumünster lässt hoffen.

Professor Dr. Dr. Doom - "Haus Seelenfrieden"

74

EXTRABLATT aus dem „Haus Seelenfrieden"

Parteien aktuell: Firmiert SPD zur Skat-Partei Deutschlands um?

21.09.2018

Eigentlich könnte das Leben in der Politik so schön sein. Aber was soll man tun, wenn einen kein Schwein wählt?
Rechtzeitig zur Krise der SPD kommt eine höchst innovative Idee daher. Ausgehend davon, dass jeder Ortsverband künftig über durchschnittlich drei Mitglieder verfügen dürfte, könnte das lustige Kartenspiel Skat als verbindendes Glied dienen und zugleich beim Groschen-Skat die marode Parteikasse füllen helfen. Es ist positiver, am Tisch über falsch ausgespielte Karten zu debattieren, als sich im Bundestag mit Diskussionen über falsche Politik beim Volk unnötig unbeliebt zu machen. Daher ist die Wahrscheinlichkeit hoch, dass sich Gastronomie-Experte Martin Schulz auf das Experiment einlässt. „Dabei saufe ich mir dann den Stegner und die Nahles schön!" meinte Insider-Berichten zufolge der für seine Geselligkeit bekannte Sympathieträger „Mr. NOGROKO". Natürlich kommt diese Maßnahme nicht bei allen Wählern gut an. Manche von ihnen finden die SPD nach wie vor einfach scheiße. Aber da hilft uns Gott sei Dank ein kleines Wortspiel. Die SPD könnte im Bereich der Skatologie (oder Koprologie) als Partei für ambitionierte Exkrement-Kundler ihren ganz besonderen Reiz finden und wenn sie noch so Scheiße ist. Gut Skat.

Professor Dr. Dr. Doom - "Haus Seelenfrieden"

EXTRABLATT aus dem „Haus Seelenfrieden"

Familie und Gesundheit: Der kleine Blockwart

21.09.2018

Nazis in der Familie? Das kann für den Spross der Lenden ein traumatisierendes Erlebnis sein. Doch dank der Internetseite von wikiHow hat der Irrsinn am kindlichen Seelenleben endlich sein Ende gefunden. „Ertappe sie auf frischer Tat!" lautet die erste Aufforderung. Dank zahlreicher Quellen und Zitate aus der Huffington Post (in deutscher Kooperation mit dem Focus/Burda Verlag) erfahren seelisch strapazierte Zöglinge, wie garstigen Nazi-Eltern beizukommen ist. Wir meinen: Es ist gut, wenn die Massenmedien ihre Aufgabe zur aktiven Mitgestaltung des Familienlebens ernstnehmen. Durch den richtigen Medienmix besteht eine echte Chance, den kleinen (mutmaßlich blonden) Bürger der Zukunft nicht nur auf den rrichtigen Pfad zu bringen, sondern auch den leider in Vergessenheit geratenen Beruf des Blockwarts bzw. IMs wieder attraktiv zu machen und so Perspektiven zu schaffen. Auch Verfassungsschutz und BND bieten berufliche Möglichkeiten, die ihresgleichen suchen.
Nicht bestätigt ist die Einrichtung eines Melderegisters für Nazi-Verwandtschaft, renitente Mitschüler oder andere dubiose Elemente. Auch das Thema Internierungslager ist ein Bestandteil der brodelnden Gerüchteküche der rechten Verschwörungstheoretiker. Aber das Schritt für Schritt. Schließlich kann die Politik nicht alle Missstände auf einmal korrigieren.

Professor Dr. Dr. Doom - "Haus Seelenfrieden"

„Extrablatt aus dem Haus Seelenfrieden"

Klöckner und der Zucker im Arsch der Politik

21.09.2018

Die deutsche Landwirtschaftsministerin Klöckner ist der Meinung, dass in Joghurts und Frühstücksflocken zu viel Zucker enthalten ist. Anscheinend sorgt sich die gute Frau um unsere Gesundheit. Ist das so?
Der Kommentar aus dem „Haus Seelenfrieden":
Zucker ist also böse. Nicht böse sind hingegen Fluorid, Jodat und Jodit, Aspartam, Cyclamat, Sacharin, Antibiotika, Arsen, Alumnium, Blei, Cadmium, Benzoesäure und und und…! Also immer rein damit.
Immer, wenn Politiker von sich geben, etwas FÜR den Wähler unternehmen zu wollen, ist höchste Vorsicht angeraten. Unlängst wurde in der Politik angedacht, Zucker zusätzlich zu besteuern. Aber auch Fleisch, Butter, Öle und diverse andere Grundnahrungsmittel sollen daran glauben.
Es ist also nur eine Frage der Zeit, bis politisch korrektes Essen an der Steuerbelastung zu erkennen ist. Anscheinend sind die Deutschen aus Sicht der Politik zu dusselig, sich ohne Vorschriften zu ernähren. Und für Dussel findet sich immer eine erzieherische Maßnahme. Wir nehmen Euch das Geld weg, damit Ihr künftig noch mehr billigen Retortenfraß kaufen werdet. Klöckner sei Dank wird alles besser und dann fließt wieder frische Milch vom gemolkenen Steuerzahler, der als Ausgleich zuckerfreien Kunst-Honig von Robotbienchen tafeln darf. Danke, Frau Klöckner.

Prof. Dr. Dr. Doom - „Haus Seelenfrieden"

EXTRABLATT aus dem „Haus Seelenfrieden"

Sensation: Julius Cäsar – Es war doch Selbstmord

22.09.2018

Nach gängiger Schulbuchmeinung soll Julius Caesar am 15. März 44 v. Chr. von einer Gruppe Senatoren während einer Senatssitzung im Theater des Pompeius mit 23 Dolchstichen ermordet worden sein. Das gilt ab jetzt als widerlegt.

Dem Forscherteam „Suizid-Geschichte" aus unserem „Haus Seelenfrieden" ist es gelungen, historische Dokumente des römischen Feldherrn zu erwerben, zu denen auch ein persönlicher Abschiedsbrief des berühmtesten aller Cäsaren gehört. Aus diesem Dokument geht eindeutig hervor, dass sich Cäsar im Theater medienwirksam selbst entleibt hat.

„Kleopatra hat mich geschafft. Brutus liebt mich nicht mehr", klagt der Herrscher. Und weiter: „Ich halte das nicht mehr aus. Es muss ein Ende haben. Ich nehme meinen Dolch und gehe. Für immer!"

Ein Zeitungsausschnitt aus der damals beliebten Tageszeitung „Picturae Romanum" zeigt eine Original-Fotografie vom Tathergang und lässt keine Zweifel mehr offen. Cäsar starb allein, nachdem er sich selbst 23 Mal erdolcht hat. Damit gewinnt die Theorie, dass Kleopatra Cäsar mit ihrem Dauergenöle in den Tod genervt hat, wieder an Substanz.

Lesen Sie unbedingt demnächst im Haus Seelenfrieden: Sensation - Jesus starb nicht am Kreuz

Professor Dr. Dr. Doom - "Haus Seelenfrieden"

EXTRABLATT aus dem „Haus Seelenfrieden"

Wahlkampf Bayern: Söder contra AfD

23.09.2018

Was reimt sich auf Söder? Weißbier. Was sonst? Der von uns allen hochgeschätzte Politprofi Markus Söder ist kein Blöder. Er hat den Feind des christlichen Abendlandes klar erkannt und vehement in die Schranken gewiesen. Diese parasitäre Lebensform, die keinen Halt vor Sitte, Anstand und Moral macht, muss endlich von der Deutschlandkarte und morgen der ganzen Welt getilgt werden.

Also, Ihr miesen, fiesen AfD-Wähler: Nun geht es Euch an den Kragen. Die Werte Bayerns wie das Weißbier, Weißwurst und Weiß Gott gehören nicht Euch, sondern der traditionsverhafteten CSU. Und was Euch auch nicht gehört, das ist der Islam. Denn der gehört laut Söder zu Bayern ebenso wie das königlich bayerische Scharia-Gericht, der Märchenpascha König Jussuf-Ludwig von Neuschafstein, die traditionellen bayerischen fliegenden Teppiche und die romantischen Beziehungen zum lieben Vieh.

Ihr habt Schwierigkeiten mit den vielen neu importierten Schwarzen im Land? Aber die Schwarzen regieren doch seit Ewigkeiten in Bayern. Daher gilt das als Familiennachzug, Ihr unsensiblen Querköpfe.

Ergo: Ihr werdet nicht die CSU und somit Bayern mit absurden Forderungen wie der Einhaltung von Grundgesetz, Strafgesetzbuch, Bürgerrechten oder anderen antiquierten Nazi-Bräuchen destabilisieren. Basta!

Professor Dr. Dr. Doom - "Haus Seelenfrieden"

EXTRABLATT aus dem „Haus Seelenfrieden"

Gott und die Welt: Sensation - Jesus starb nicht am Kreuz

23.09.2018

Bibel-Forscher sind schockiert: Unserem Forscherteam „Geschichte" ist es gelungen, historische Jesus-Akten zu erwerben, zu denen auch ein persönliches Tagebuch des Sohn Gottes gehört.

Aus diesen Dokumenten geht eindeutig hervor, dass der Erlöser nicht zu Golgatha ums Leben gekommen ist. Die Authentizität gilt als gesichert, da uns der Vatikan bereits einen mehrstelligen Millionenbetrag für die Manuskripte geboten hat.

Auch, wenn Jesus nicht gekreuzigt worden ist, sind die mittelalterlichen Darstellungen des Erlösers als „Schmerzensmann" nicht unbegründet entstanden. Jesus hing zwar nicht am Kreuz, hatte es aber am Kreuz, und das ganz böse. Der Erlöser gilt als Erfinder und serieller Hersteller der ersten Rheumasalbe des Orients. Daher stammt auch die Bezeichnung „Der Gesalbte".

„Es war wirklich ein Kreuz! Der Schmerz war so heftig, als hätte ich die Sünden der Welt getragen", so steht es im Tagebuch des „HERRN". „Aber nun bin ich endlich erlöst und fühle mich einfach göttlich!"

Nach dem Projekt „Lamm-Talg zu Rheumasalbe" widmete sich der innovative Allrounder voll und ganz seinem neuen Projekt „Fisch und Brot für die Welt" und erlangte damit den Durchbruch.

Als weniger erfolgreich erwies sich das Gemeinschafts-Projekt mit seinem Vater, „Der Salon des

Herrn", mit dem die beiden mit modischen Frisuren und Accessoires ihrer Zeit einfach zu sehr voraus waren.

Auch das nächste Projekt „Wasser zu Wein" erwies sich als Flop, da der Slogan „Jesu Blut tut allen gut" auf den Etiketten die meisten Konsumenten ähnlich verschreckte wie spaßige Knabberkekse mit dem Motto „Jesu Leib zum Zeitvertreib". Es soll dabei nicht an der Rezeptur, sondern am absolut ungöttlichen Marketing gelegen haben. Auch Mutter Marias Projekt „Liebfrauenmilch - der Messwein für Kenner" konnte sich nicht durchsetzen und verschwand in der Schublade des „Herrn".

Nach einem Gewerbeverbot durch Herodes wegen behördlich nicht lizensierten Wunderheilungen verließen Erlöser und Familie Jerusalem mit unbekanntem Ziel. Ihr weiterer Verbleib ist unbekannt.

Der Markenname „Jesus - Der Erlöser" wurde dann vom Paulus-Trust übernommen, der sich im Seelenheilgewerbe betätigte und die erfolgreiche Franchise-Kette „Christentum" gründete.

Demnächst im Haus Seelenfrieden: Abraham Lincolns tragisches Ende.

Professor Dr. Dr. Doom - "Haus Seelenfrieden"

EXTRABLATT aus dem „Haus Seelenfrieden"

Bundeswehr: Wollt Ihr das totale Kartoffelfeuer?

23.09.2018

Zu einem Event der besonderen Art kam es bei Meppen. Pioniere der Bundeswehr legten eine Übung für „Das größte Kartoffelfeuer der Welt" ein, um für einen Eintrag in das Guinness-Buch der Rekorde zu trainieren.

Verteidigungsministerin Ursula von der Leyen (CDU) hat den von der Bundeswehr gestifteten Moorbrand bei Meppen als „sehr große Chance" bezeichnet und sich bei den Menschen der Region für deren Unterstützung bedankt.

Die Ministerin sagte auf Anfrage unserer Redaktion: „Es steht außer Frage, dass ein Feuer dieses Ausmaßes ein gutes Training für den Rekordversuch bietet. "Ich entschuldige mich im Namen der Bundeswehr bei allen Menschen der Region, die von den leckeren Kartoffeln nichts abbekommen haben. Aber die sind den Reichstags-Abgeordneten vorbehalten. Peter Altmaier hat darauf bestanden."

Gerüchten zufolge soll der eigentliche Rekordversuch im Hambacher Forst stattfinden. So könnten auch gleich die gesamten Kartoffel-Überschüsse der EU vernichtet werden. Angeblich plant die wackere Heerführerin bereits den Syrieneinsatz für die größte Frittentüte der Welt, da nur syrisches Öl „so richtig aufknuspert". Wir halten Sie, liebe Leserschaft, auf dem Laufenden.

Professor Dr. Dr. Doom - "Haus Seelenfrieden"

„Extrablatt aus dem Haus Seelenfrieden"

Der Mann im Mond, der Stein und die Nasa

24.09.2018

Das Stück Mondgestein, welches dem Niederländischen Premierminister von den Apollo 11 Astronauten 1969 stolz verehrt worden ist, hat sich als Fake erwiesen. Die Kuratoren des Amsterdamer Rijksmuseum, in welchem der Stein vom Mond als Attraktion jedes Jahr tausende von Besuchern angelockt hat, haben feststellen müssen, dass die mit £308,000 bezifferte Rarität leider kein Mondgestein ist, sondern ein Stück versteinertes Holz.

Was ist da nur geschehen, Nasa? Wusstet Ihr nicht, dass sich derjenige, der Mondgestein nachmacht, fälscht oder gar in den Handel bringt strafbar macht? Versteinertes Holz? Gab es da nicht die Geschichte vom Mann im Mond? Hatte er vielleicht ein Holzbein? Habt Ihr Lümmel es ihm stibitzt? Könnte deshalb bei einem lunaren Gericht eine Anzeige gegen Euch wegen Holzbein-Klauerei vorliegen?

Wenn Ihr den Niederländern ein Stück antiken Goudas aus der Jungklompenzeit untergejubelt hättet, dann hätten die Käsköppe das nie bemerkt. Aber so?

Man hat beschlossen, den Stein in der Ausstellung als Kuriosität zu behalten. Es handelt sich aus der Sicht der Museumsleitung immerhin um eine unterhaltsame Geschichte, die allerdings mehr Fragen aufwirft, als man beantworten könne. Aber immerhin ist der Unterhaltungswert der Story beträchtlich.

Prof. Dr. Dr. Doom - „Haus Seelenfrieden"

EXTRABLATT aus dem „Haus Seelenfrieden"

Jusos: Voll Porno Alda, ey.

24.09.2018

Jungsozialisten sind oftmals hormongebeutelt, dauergeil und vor allem optisch eher suboptimal aufgestellt. Unter uns Pastorentöchtern: Wer möchte sich schon mit einem pickeligen Pseudo-Nerd mit Hang zu Adipositas, Froschaugenbrille und Überbiss paaren?

Nun haben die Partei-Junghengste und Jungstuten einen Weg aus der sexuellen Isolation gefunden: In jedem Juso steckt ein Pornostar. Wie kam es zu dieser Erkenntnis? Die Triebfeder war der Antrieb. Und natürlich Neid sowie chronische Untervögelung.

Das SPD-Jungvolk hat einen Antrag eingebracht, der prompt beschlossen wurde. "Mainstream-Pornos zeigen in der Regel sexistische und rassistische Stereotype, in denen Konsens kein Thema ist und die einen 'optimalen' Körpertyp zum Standard erheben", heißt es darin. "Diese Darstellungsformen in Mainstream-Pornos können Konsument/innen in ihrer Sexualität und im Menschenbild nachhaltig beeinflussen."

Das muss verhindert werden. Die Jusos opfern sich wie einstmals der Gesalbte, als er die Sünden der Welt auf sich nahm. Also ran an das neue Hormonsport-Bildungsfernsehen. Künftig wird wie dereinst bei Dolly Buster die böse Triebstauproblematik allerdings politisch korrekt bewältigt. Und wer von den Nerds auch dafür zu hässlich ist, dem bleiben die bewährten guten alten fünf Freude und Timmy der Hund.

Professor Dr. Dr. Doom - "Haus Seelenfrieden"

84

„Extrablatt aus dem Haus Seelenfrieden"

Endlich – Die Grundgesetzaktualisierung

25.09.2018

Aus aktuellem Anlass sehen diverse Bundestagsabgeordnete die Notwendigkeit einer Grundgesetzreform. „Es mangelt an einem wesentlichen Grundrecht für Politiker", so der Vorsitzende des Arbeitskreises „Fensterwurf", Dr. Klaus Moneter. „Wir müssen endlich das Recht auf Steuergeld-Verschwendung als Grundrecht für Politiker auf-nehmen. Diese ewigen Diskussionen über die Mittelverwendung blockieren doch nur unnötig wichtige Entscheidungen."
Die deutschen Banken haben bereits ihre Unterstützung zugesagt und wollen großzügige Spenden bereitstellen, sowie die nächsten Bankenrettungszahlungen auf den Weg gebracht worden sind. Gerüchten zufolge möchten sich Friedrich Merz und Wolfgang „die schwarze Null" Schäuble in der Initiative engagieren. Beide haben sich im Rahmen der „Cum-Ex-Affaire" als versierte Fachkräfte erwiesen.
Einer anderen Initiative aus dem Bereich unserer Hochleistungspolitiker geht der Vorschlag nicht weit genug. Der Arbeitskreis „Germanica servus" möchte das Grundgesetz kernsanieren und auf den Grundsatz „Gehorche" reduzieren.
„Das ist für jeden leicht verständlich und hilft zugleich Papier sparen", so der Arbeitskreis. „Und wer dagegen verstößt, der wird weggesperrt!"
Wir alle freuen uns auf klare Strukturen. Vielen Dank.

Prof. Dr. Dr. Doom - „Haus Seelenfrieden"

EXTRABLATT aus dem „Haus Seelenfrieden"

Norddeutschland: Ganz schön Schaf.

25.09.2018

Hoch im Norden geht es ab. In den Traditionsbadeorten Bahrainersiel, Abdullahaven und Dubaidingen findet auch dieses Jahr das allseits beliebte „Bockspringen" statt. Der Zentralverband der osmanischen Schafzüchter freut sich bereits auf regen Zuspruch.
Da wir nicht im Thema waren, haben wir recherchiert. Das Bockspringen richtet sich an den mannbaren Teil der Ortsansässigen sowie männliche, auswärtige Gäste. Das Prinzip ist relativ einfach: Hast Du Bock, spring einfach drauf. Als Preis für den schönsten Sprung winken vier Schafe zur Gründung einer eigenen Herde und reichlich gute Laune.
Der Zentralverband der Zoophilisten hat seine tatkräftige Unterstützung zugesagt und freut sich auf internationale Begegnungsmöglichkeiten, die weit über die Landesgrenzen hinaus Maßstäbe setzen könnten. Die BDSM-Freunde der Schafzucht vom Bundesverband „Mähdrescher" freuen sich auf die aktive Teilnahme.
Der Kurdirektor und zugleich letztjährige Champion von Bahrainersiel, Herr Orkan Al Dschafar, sagte uns im Interview: „Musst Du kommen. Wird voll krass schaf, Alda, ey!" Unser Reporterteam wird live vor Ort sein und die schönsten Momente der Veranstaltungen übertragen. Wir freuen uns auf spannende Wettkämpfe und drücken den Teilnehmern Hand und Huf.

Professor Dr. Dr. Doom - "Haus Seelenfrieden"

EXTRABLATT aus dem „Haus Seelenfrieden"

Religion: Die Heiligsprechung von A. Nahles.

25.09.2018

Die religiöse Fraktionsgruppe der SPD „Sozenheil"
hat eine Petition vorbereitet, wonach die allseits be-
liebte Andrea Nahles künftig nur noch als die „Heilige
Andrea" bezeichnet und ins Abendgebet eingeschlos-
sen werden soll. Unsere Anfrage, worin der Vorschlag
begründet sei wurde wie folgt beantwortet:
„Dass unsere geliebte Parteiführerin Nachwuchs zur
Welt gebracht hat, lässt sich nur mit unbefleckter
Empfängnis erklären. Gottes Wunder! Damit steht sie
auf Augenhöhe mit Maria, der Mutter des Gesalbten."
Unsere Anfrage in Rom ergab, dass in katholischen
Kreisen anders gedacht wird. Die permanenten verba-
len Entgleisungen in Form von Flüchen, Lästereien
und Tourette-Anfällen der Partei-Königin lassen aus
Sicht von Mutter Kirche eher auf eine befleckte Empfängnis durch Satanas Einfluss schließen.
„Aus dem Weib spricht Luzifer persönlich", soll der
Chefinquisitor des Vatikans geäußert haben. „Die ist
nicht heilig! Eine „Scheinheiligkeit" hingegen wäre
durchaus im Bereich des Möglichen."
Es sind sich immerhin alle darin einig, dass ein
menschlicher Vater aus nachvollziehbaren Gründen
auszuschließen ist. Ufologen wollten sich nicht zu
einem Außerirdischen als Erzeuger äußern. Demnach
ist ET aus dem Schneider. Wir bleiben für Sie am Ball
des Herrn und halten Sie auf dem Laufenden.

Professor Dr. Dr. Doom - "Haus Seelenfrieden

EXTRABLATT aus dem „Haus Seelenfrieden"

Rostock: Schwesig statt bräsig.

25.09.2018

In Rostock haben demokratiefeindliche, rechtsextreme AfD-Anhänger drastischen Missbrauch der Versammlungs- und Demonstrationsfreiheit begangen.

1.250 Einsatzkräfte wie Polizisten, Reiterstaffeln und LKW-Hochdruck-Mobilduschen haben den Volksfrieden geschützt und aus Sicherheitsgründen die selbstgerechten Oppositionellen vorsorglich isoliert. Die Ministerpräsidentin Manuela Schwesig (SPD) war selbst vor Ort, um sich für Demokratie und Vielfalt und gegen Hass und Gewalt einzusetzen.

Ihr Credo: Demonstrationsrecht ja - aber besser nicht für die Opposition. Nur derjenige ist ein lupenreiner Demokrat, der das Demonstrationsrecht für die braune Brut verhindert.

„Natürlich sind wir für „Vielfalt". Es muss nur eben die richtige Vielfalt sein!" so meint die sympathische Politikerin aus Leidenschaft. „Wie soll man denn in Ruhe regieren können, wenn einem irgendwelche Unruhestifter alle Nase lang das Regieren vermiesen?" klagte uns die engagierte Bürgerrechtlerin ihr Leid. Ohne die tatkräftige Unterstützung durch Mutter Kirche und den Rostocker Geistlichen Bischof Andreas von Maltzahn hätte sie dem nervlichen Druck wahrscheinlich nicht standhalten können.

Unbestätigten Gerüchten zufolge wird derzeit ein öffentlich zu tragendem Pflicht-AfD-Aufnäher für die Kleidung der Unruhestifter erwogen.

Das gute, alte amerikanische Chaingang-Prinzip bietet ebenfalls gute Präventionsmöglichkeiten. Ein weiterer Vorteil: Man kann die AfD-Rüpel damit nicht nur besser erkennen, sondern auch am Fortlaufen hindern. Ansonsten würde man die Klopperkinder von der Antifa an der Ausübung ihrer staatlich subventionierten Tätigkeit im Namen des Sozialismus hindern. Auch eine vorsorgliche „Schutzhaft" für AfD-Mitglieder könnte eine Option sein.

Der Freistaat (bitte nicht mit Freiheitsstaat verwechseln) Bayern und das Land Niedersachsen nehmen sich die Freiheit und haben im jeweiligen neuen Polizeigesetz charmante Lösungswege gefunden, die unserem Wohl dienen. Künftig kann man seitens der Polizei auf die teuren Einbeziehungen von Richtern verzichten und mal so richtig Spaß haben. Kleiner und großer Staatstrojaner, Elektroschocker, elektronische Fußfesseln, vorsorgliches Wegsperren, der Einsatz von V-Leuten und verdeckten Ermittlern, Kontaktverbote (auch zum Anwalt des Vertrauens)…da nostalgiert der Ex-IM der Stasi orgiastisch und Korea, die Türkei oder Saudi-Arabien bekommt Neidgefühle.

Es ist an der Zeit, dass die anderen Bundesländer folgen und künftig vorbeugend das Gemeinwohl sichern helfen.

Wir meinen: Das war allerhöchste Eisenbahn. Endlich! „Demokratie statt Demonstration" ist der richtige Weg. Weiter so. Damit wir hier alle in diesem freien Staat gut und gerne weiterleben können. Hurra!

Professor Dr. Dr. Doom - "Haus Seelenfrieden"

EXTRABLATT aus dem „Haus Seelenfrieden"

Abraham Lincoln - Es war kein Attentat

26.09.2018

Geschichtsforscher sind verblüfft: Dem Forscherteam „Geschichte" aus dem „Haus Seelenfrieden" ist es gelungen, die medizinische Akten einer aktuellen Obduktion des einstigen amerikanischen Präsidenten Lincoln von amerikanischen Forensikern zu erwerben. Am Abend des 14. April, des Karfreitags 1865 besuchte Lincoln mit seiner Frau Mary eine Komödie im Ford's Theatre in Washington und kam nach gängiger historischer Betrachtung durch ein Attentat ums Leben. Doch nun hat eine Analyse der Überreste des Präsidenten ergeben, dass ihn ein extremer Befund von Blei und Quecksilber aus dem Leben gerissen haben muss. Zeit seines Lebens hat der beliebte Politiker dubiose Quecksilberpillen zur Stärkung seiner Gesundheit konsumiert, deren Auswirkungen sicherlich berücksichtigt werden müssen. Die Bleirohre seiner Trinkwasserleitung haben dann das finale Ende eingeleitet. Es ist davon auszugehen, dass die dadurch entstandene Bleivergiftung zu akutem Herzversagen geführt haben muss.
Die Authentizität und Stichhaltigkeit der Dokumente gilt als bestätigt. Endlich sind die unzähligen kruden Verschwörungstheorien widerlegt und ihre verwirrten Anhänger in die Schranken verwiesen. Demnächst bei uns: Kennedy - Selbstmord in Dallas.

Professor Dr. Dr. Doom - "Haus Seelenfrieden"

EXTRABLATT aus dem „Haus Seelenfrieden"

Forschung und Wissenschaft: Die Terminator-Biene

26.09.2018

Der Einzelhandelskonzern Walmart hat ein ungewöhnliches Patent angemeldet: Eine künstliche Roboter-Biene soll künftig die Arbeit der Insekten übernehmen. Die Technologie soll den Verlust der vielen Bienenvölker ausgleichen. Die neuen „Bienen" sind winzige autonome Drohnen, die von Pflanze zu Pflanze fliegen und Blütenstaub einsammeln. Mit dem eingesammelten Pollen fliegen sie dann zu anderen Pflanzen und bestäuben sie damit. Eine zweite künstliche Biene fliegt hinterher und prüft mit Sensoren, ob die Bestäubung erfolgreich war.

Bienen gibt es seit ca. 200 Millionen Jahren und nun ist das Erfolgskonzept der Vergangenheit überholt. Wir freuen uns bereits auf Killerbienen mit Laserstrahlen und integriertem Tank für ABC-Kampfstoffe, den Regenwurm-Robot Ringeltod und den Wahl-Roboter Angela III, der die lästigen Wähler terminiert und die Stimmabgabe im Alleingang durchführt.

Der perfekte Staat kommt ohne organische Lebensformen aus, die nur im Wege sind und überall Unrat hinterlassen. Die Menschheit ist bereits Geschichte. Sie weiß es nur noch nicht. Sie war ein Zwischenschritt zur Erschaffung der perfekten, sich selbst reproduzierenden, Roboterrasse. Der Mensch hat seine Schuldigkeit getan. Der Mensch mag gehen.

Professor Dr. Dr. Doom - "Haus Seelenfrieden"

EXTRABLATT aus dem „Haus Seelenfrieden"

290 Medien-Leibeigene fordern Seehofers Kopf

26.09.2018

Es ist wirklich nicht schön: Da müht und müht man sich, rackert sich ab, schreibt sich im Namen der Satire die Finger wund und plötzlich starten die mit Steuergeldern und Werbemillionen vollgeproppten Massenmedien eine förmliche Pseudo-Satire-Offensive.
Nur weil ein Ex-Verfassungschutz-Futzi es gewagt und die Kanzlerin auf ihre permanent wachsende Nasenlänge angesprochen hat, wird er geschmissen. Sein Boss versucht ihn zu retten, alle machen meckernd mit und sind es hinterher nicht gewesen.
Das kommt davon, wenn man mal die Wahrheit sagt. Tausende von FB-Usern kennen das Phänomen.
Ex-Tutti-Frutti-Titten-Dompteur Balder und seine Freunde leisten nun politischen Protest, nachdem die Senderchefs ihren Drittbesetzungen ein Angebot unterbreitet haben, dass sie nicht ablehnen konnten. Dazu mussten sie nur ihren kleinen Hugo-Egon unter die bereits vorbereiteten Unterlagen pinseln. Es gibt immer Leute, die für Geld einfach alles machen.
Wo waren die „Kulturschaffenden" mit ihren Protesten, als die produktiv arbeitenden Menschen des Landes um Billionen von Euronen erleichtert wurden? Als millionenfach Straftaten gegen geltendes Recht wie Dublin III begangen wurde?
Deutschland am Abgrund? Völkerrechtsbruch? Ukraine? Syrien? Afghanistan? Waffenexporte? Kinderarmut? Altersarmut? Gewalt im Land? Hamburg? Chemnitz? Köthen? NSU-Akten? Internetzensur?

92

Fracking? Kreative Wahrheitsinterpretationen durch die Massenmedien? Gift im Essen, Wasser, Shampoo und in der Luft?

Unsere Massenbespaßer für schlichte Gemüter testeten die neuen Tarnumhänge für die Nato und waren unsichtbar.

Hier im „Haus Seelenfrieden" sind wir konsequent und fordern den Rücktritt JEDES Politikers. Raus aus dem Reichstag, den Landtagen und Kommunen, aus der Wirtschaft, den Gerichten, der Verwaltung, den Universitäten und Schulen. Haut ab und kommt nicht wieder. Ohne Euch sind wir besser dran. Niemand braucht Euch. Wir bevorzugen es, NICHT geschweige denn von ausgerechnet Euch regiert zu werden.

Und was wir auch nicht brauchen, das sind all die Grönemeyers, Krumbiegels, Lindenbergs, Westernhagens und wie sie noch alle heißen, die jetzt moralisierend ihren Stellenwert steigern wollen. Ihr habt genug Unfug vom Stapel gelassen. Also schleicht Euch und denkt mal darüber nach, wer Euch all die Jahre so luxuriös ausgehalten hat.

Leider sind die Chancen dafür eher übersichtlich, denn mit dem Überlegen hattet ihr es ja noch nie so richtig. Und wenn doch: Überzeugt uns vom Gegenteil. Bis dahin alles Gute.

Professor Dr. Dr. Doom - "Haus Seelenfrieden"

EXTRABLATT aus dem „Haus Seelenfrieden"

Staatsfinanzen: 450 Milliarden Steuereinnahmen in acht Monaten

26.09.2018

So nicht, Ihr Gierlappen! Kaum ist der Staat im Steuerüberschuss und schon geht das Gezeter los, weil die undankbaren Bürger nichts davon abbekommen. Denkt doch mal logisch, ihr kleinen Schmarotzer.
Wovon sollen denn Staatsempfänge für Diktatoren bezahlt werden? Sonderberaterposten? Diäten? Migranten? Entwicklungshilfe für China? Militärhaushalt? Die luftveredelnden Flieger am Himmel? Subventionen für Bayer, Monsanto, Starbucks, Abwrackprämie für Dieselfahrzeuge, Moscheen-Neubauten, das Geld für die EU, die Türkei und den Rest der Welt? Woher nehmen, wenn nicht von den Kröten, die unsere Steuerzahlern großzügig zur Verfügung stellen?
Es ergibt doch keinen Sinn, den Arbeitsbienchen die Pollen- und Nektar-Ernte zu nehmen, um ihnen hinterher den Honig zu überlassen. Arbeitet lieber noch etwas mehr für den guten Zweck. Möglichst unentgeltlich. Oder zusätzlich. Nur weil die Deutschen seit 1950 so viel Geld für den Rest der Welt aus dem Fenster geschmissen haben, dass ihnen der ganze Planet locker dreimal gehören müsste, sollten sie nicht gierig werden. Wir sind bunt, bunter und kunterbunter. Und wem das Ganze zu bunt wird…der kann ja gehen. Nur nicht nach drüben. Denn das gibt es inzwischen nicht mehr.

Professor Dr. Dr. Doom - "Haus Seelenfrieden"

EXTRABLATT aus dem „Haus Seelenfrieden"

Feste & Feiern: Knofi-Häppchen für Özdemir

26.09.2018

Stell Dir vor, es ist Party und niemand geht hin. Und schwupps…schon hat der Bundespräsident den Salat. Die Gäste fehlen. Im Gegensatz zu anderen Oppositionspolitikern nimmt Cem Özdemir die Einladung zum Bankett anlässlich des Staatsbesuchs des türkischen Präsidenten an.

„Es steht außer Frage, dass Erdogan ein solches Staatsbankett nicht verdient hat", sagte Özdemir. Mit seiner Teilnahme erhoffe er sich aber, ein Signal sowohl in die Türkei als auch in die deutsch-türkische Gemeinschaft zu senden. „Auch ein noch so mächtiger Präsident muss mich, der für die Kritik an seiner autoritären Politik steht, sehen und aushalten", erklärte der Prinz Charming der giftgrünen Spaßpartei.

Da müssen wir vom Haus Seelenfrieden leider widersprechen. Denn es ist das deutsche Volk, das den lustigen Balkon-Hobbygärtner sowie den Rest der Grünen monetär aushält. Was hingegen das optische Ansehen und mentale Aushalten der grünen Nahtstelle zwischen Lobbyisten und Geldgefälligkeiten betrifft, können wir aus dem Haus Seelenfrieden aus tiefster Seele zustimmen. Nicht, dass wir jemals gedacht hätten, eine Gemeinsamkeit mit Erdogan (mal abgesehen vom Stoffwechsel vielleicht) zu haben. Aber Cem Glückspilz, der Grasgrüne, ist beim besten Willen nicht auszuhalten. Und teuer ist er auch noch.

Professor Dr. Dr. Doom - "Haus Seelenfrieden"

EXTRABLATT aus dem „Haus Seelenfrieden"

Oktoberfest: Vorsicht - Bissiger Afghane!

26.09.2018

Das Oktoberfest in München ist nicht mehr das, was es früher einmal war. Teilweise ist das auch durchaus gut so. Nicht umsonst gehört die Wiesen eingezäunt, um die Besucher vor rechtsextremistischen Anschlägen zu beschützen. Des Weiteren muss endlich der Flut von blonden, blauäugigen Biertrinkern und -innen oder gar Bratwurst- und Haxenverzehrern eingedämmt werden. Das Oktoberfest von Welt ist bunt, mindestens koscher, besser noch halal.

An und für sich kennen wir das Oktoberfest nicht beziehungsweise nur in einer einzigen Eigenschaft als „bissig", nämlich in Form des Rettichs, der dort liebevoll Radi genannt wird. Nun kam es zu einem sehr unschönen Vorfall, als ein Afghane einen Polizisten in den linken Oberschenkel biss. Die etwa drei Zentimeter große Wunde musste in der Wiesn-Ambulanz versorgt werden. Der Polizeibeamte war im Anschluss nicht mehr dienstfähig.

Wir alle kennen Afghanen als treudoofe, gelegentlich hochneurotische Vierbeiner mit braunem, glänzendem Fell. Also unterstellten wir, dass das arme Tier bei den Menschenmengen einfach gestresst war, vielleicht aber auch an Hunger litt. Zu unserer großen Überraschung mussten wir erfahren, dass es sich beim Afghanen um einen 21-jährigen menschlichen Gast gehandelt hat.

Gegen den jungen Mann wurde eine Strafanzeige erstellt und ein Eintrittsverbot für das Oktoberfest beantragt. Wir im „Haus Seelenfrieden" erlauben uns in diesem Fall, Milde walten zu lassen. So geht Integration auf keinen Fall, meine Herrschaften.

Was wissen wir denn schon über die Ernährungsgewohnheiten in den entlegenen afghanischen Bergdörfern? Gibt es vielleicht kulturelle Besonderheiten wie rituellen Kannibalismus? Oder war es vielleicht nur ein „Liebesbiss" eines zutraulichen, hormongeplagten Jungmannes, der sich durch den strammen Haxen des bayerischen Ordnungshüters erotisiert und daher angezogen fühlte?

Gerüchten zufolge will sich eine Delegation von 1.200 bayerischen Kommunalpolitikern und Polizisten an den Hindukusch begeben, um gastronomische und kulinarische Quellenstudien zu betreiben. Im Rahmen dessen sollen auch die landestypischen Bräuche der Geselligkeit mit minderjährigen Burschen und Knaben in bunten, handwerklich hochwertig gestalteten Kleidchen genossen werden. Das ist gut so, denn gerade Kulturverständnis kann ein Motor für die Integration sein und sollte uns einen Sonder-Reiseetat aus dem Landeshaushalt wert sein.

Afghanistan ist eine Reise wert. Vielleicht lässt sich im Rahmen der Visite auch herausbekommen, ob es überhaupt noch Afghanen am Hindukusch gibt oder ob wir künftig vielleicht noch ein wenig mehr zusammenrücken sollten. Bis dahin lehnen wir uns entspannt zurück und gönnen uns einen afghanischen Apfeltee. Ozapft ist!

Professor Dr. Dr. Doom - "Haus Seelenfrieden"

EXTRABLATT aus dem „Haus Seelenfrieden"

Innenministerium: Politiker-Recycling

26.09.2018

Das Bundesinnenministerium erhält den neuen Aufgabenbereich Recycling. Künftig wird dort Ausschussmaterial aus Politik und Behörden neu aufgepolstert, angemalt, mit Frischzellen versehen und wieder in den politischen Alltag integriert. Die neue Abteilung „Gnadenbrot" soll sich um die unverwertbaren Materialien kümmern und wird gut angenommen. Gute Chancen für die Ex-Präsidentin des Bundesamts für Migration und Flüchtlinge, Jutta Cordt, die dort künftig als Ministerialdirigentin Aufgaben im Bereich der Digitalisierung (Tippse) wahrnehmen soll. Innenminister Horst Seehofer hatte Cordt vor drei Monaten im Skandal um die zu Unrecht bewilligten Asylanträge entlassen. Auch der ehemalige Verfassungsschutz-Präsident Hans-Georg Maaßen soll eine neue Perspektive als Sonderberater Fragen im Innenministerium und Bezüge in Höhe von rund 11.577 Euro erhalten.
Unser Kommentar dazu: Endlich wird die Integration der Alten und Verbrauchten, der Dummen oder Dämlichen, der Unfähigen und Unwilligen ernst genommen. So geht Integration. Schließlich haben wir eine gerüttelte Verantwortung gegenüber den oftmals alleine nicht überlebensfähigen, tragischen Sonderfällen unserer Gesellschaft. Das lässt uns hinsichtlich der künftig zu erwartenden Betreuungsfälle aus dem Reichstag Hoffnung schöpfen. Weiter so.

Professor Dr. Dr. Doom - "Haus Seelenfrieden"

EXTRABLATT aus dem „Haus Seelenfrieden"

Kirche: Gebt her Eure Kindlein

26.09.2018

Gar selig ist der fromme Christ, wenn etwas da zum Kuscheln ist. Seit mindestens 1.500 Jahre hat der Klerus großes Einfühlungsvermögen in die kindliche Seele bewiesen und besorgten Eltern die lästige Arbeit der Aufklärung mit Rat und Tat abgenommen. Doch dieser schöne Brauch soll nun vorbei sein.

Der Vorsitzende der katholischen Deutschen Bischofskonferenz, Reinhard Marx, hat die Nutznießer der sexuellen Fach-Ausbildung für Minderjährige unter dem Dach der Kirche in aller Form um Verständnis gebeten. Die Energie alter Männer im lustigen Kleidchen reiche einfach nicht mehr aus, alle anstehenden Aufgaben bewältigen zu können. „Wir müssen Prioritäten setzen! Ab jetzt ficken wir nur noch die AfD! Gott will es."

Wir meinen: Gebt Euch im Auftrag der Nächstenliebe mal mehr Mühe. Irgendwo müssen doch die Bälger lernen, wo der Kardinal den Glockenklöppel hat. Das hat damals in der Odenwaldschule und auch bei den GRÜNEN prima geklappt. Was dem Cohn-Bendit recht ist, mag den frommen geistlichen Würdenträgern billig sein. Und hätte Gott nicht gewollt, dass die geistlichen Herren den Kindlein Schöpfungsinhalte vermittelt - hätte er ihnen dann einen Weihwasserwedel gegeben? Wohl kaum. Na also. Deo gratias.

Professor Dr. Dr. Doom - "Haus Seelenfrieden"

EXTRABLATT aus dem „Haus Seelenfrieden"

Hambacher Forst - mal wieder in GRÜN

26.09.2018

Die Tage des Hambacher Forstes sind gezählt. Doch Gott sei Dank gibt es die GRÜNEN, die sich vehement und heldenhaft für den Erhalt des Biotops einsetzen. Endlich erhält der Wald einen Besuch von der grünen Prominenz in Gestalt des Münchner Wurzelsepps Anton Hofreiter, ohne den Arsengrün wohl nur ein fahles Lindgrün wäre. Nun kann er endlich den von den GRÜNEN und der SPD 2016 vereinbarten Waldkiller-Beschluss aus des Baumhauses luftiger Höhe mit bösen Blicken bedenken.

Lieber Anton: Wir laden Dich dazu ein, einen persönlichen Eindruck zu gewinnen. Wir bitten Dich herzlich, um nicht zu sagen inbrünstig: Bring all Deine Freude wie Fischer, Roth, Kühnast und Özdemir oder gleich die ganze Partei mit. Wir sorgen zur allgemeinen Erbauung mit Kaviar-Häppchen und Schampus satt für den guten Zweck in des Waldes Blätterdach. Auch für fröhliche Lambada-Musik wird gesorgt werden. Genießt gemeinsam den schönen Tag, klettert die Bäume hinauf und tanzt dort oben zu den muntern Klängen der heißen Rhythmen von Hängebrücke zu Hängebrücke und von Baumhaus zu Baumhaus. Tanzt so kräftig wie es nur geht. Und bitte: Zügelt Euch sich nicht beim Buffet. Esst, esst reichlich. Je mehr, je besser. Damit es für alle ein schöner Tag voller Perspektiven wird. Bis bald im Wald.

Professor Dr. Dr. Doom - "Haus Seelenfrieden"

Extrablatt aus dem „Haus Seelenfrieden"

Hayali...Hayali...Hayahaaaliii...Hussasassaaaa

26.09.2018

Die Fernsehmoderatorin Dunja Hayali, die ausdauernd das Halali gegen die bösen Deutschen bläst, erhält den Toleranz-Preis der Evangelischen Akademie.

Es ist unglaublich, dass diese Lichtgestalt der Toleranz nur noch so bescheidene Einschaltquoten erzielt, wo sie doch stets bemüht ist. Nicht einmal das Publikum des Sportfernsehens dankt es der tapferen, kleinen Frau dafür, dass sie ihnen Zuschauer in Scharen in die Arme treibt.

Liebe Fernsehzuschauer. Bitte seid tolerant. Nur, weil es Dunja-Maus nicht so mit der Rhetorik hat und nun einmal so plappert, wie ihr das Schnäbelchen gewachsen ist, dürft Ihr sie doch nicht gleich ausgrenzen. Seht es ihr nach - sie kann nicht anders. Bitte berücksichtigt, dass sie Dank Migrationshintergrund für Ihren Job vollkommen überqualifiziert, ihn aber im Dienst an der guten Sache trotzdem brav ausführt. Betrachtet ihren Einsatz als Bestandteil einer Minderfähigen-Quote beim öffentlich-rechtlichen Fernsehen. Auch schlichte Gemüter wollen ein klar verständliches Programm, das ihnen die Welt so einfach strukturiert erklärt, dass sie es auch verstehen. Ihr müsst dem Fernsehen (und Dunja) eine Chance geben, denn sonst kommt das Volk nur auf dumme Gedanken. Unser Dank gilt der Evangelischen Akademie, die hier ein überfälliges Fanal gesetzt hat. Allah sei mit Euch.

Prof. Dr. Dr. Doom - "Haus Seelenfrieden"

Extrablatt aus dem „Haus Seelenfrieden"

Gesundheitspolitik: Warten kannst Du Dir Spahn

27.09.2018

Kassenpatienten in Deutschland sollen künftig schneller an Arzttermine kommen. "Gesetzlich Versicherte warten zu oft zu lange auf Arzttermine. Das wollen wir ändern. Und zwar zusammen mit den Ärzten", sagte Spahn. Daher sollen diejenigen Mediziner besser vergütet werden, die bei der Verbesserung der Versorgung helfen.

Ein wahres Wort: Medizin muss sich wieder lohnen. Nehmen wir das Beispiel Organ-Transplantation. Wie oft ist es in der Vergangenheit vorgekommen, dass egomanische Patienten spontan verstarben, ohne dass ihre wertvollen Rohstoffe rechtzeitig entnommen werden konnten?

Nur ein schnell eingelieferter Patient ist ein guter, weil werthaltiger Patient. Die Diagnose „Hirntod" klingt zwar negativ, trägt aber immens zum Wirtschaftswachstum der Medizin-Industrie unseres Landes bei. Damit gehören Frischwaremangel und notleidende Ärzte der Vergangenheit an.

Die Ärzte-Initiative „Her mit den Gebrauchten" honoriert künftig die Vermittlung eines Nierenspenders durch Privatpersonen mit einer Woche Usedom bei Halbpension. Kommt die Leber noch dazu, dann reicht es schon für die Aida. Bei fleißigen Vermittlern kann es schnell zur Weltreise kommen.

Proteste kamen nur von den Metzgerei-Betrieben, die die Entnahmen gern fachgerecht vor Ort selbst vorgenommen hätten. Aber auch hier besteht Hoffnung. Es ist in Planung, nicht oder schwer verwertbares Material für die Wurstherstellung preiswert zur Verfügung zu stellen. Da bekommt der Satz „Du gehst mir auf die Pelle" eine völlig neue Bedeutung, wenn von der Haut bis zum Darm künftig alles nachhaltig und rückstandslos mit in die Produktion einfließt.

Alles, was nicht mehr in die Pathologie gehört, landet künftig als leckeres Separatorenfleisch im Darm und anschließend ab damit in den Wurstkessel. Und selbst aus dem ältesten Blut abgehalfterter Senioren kann man noch lecker Blut- und Wellwurst machen. Klaus Haman war seiner Zeit voraus und hätte heute als Minister seine helle Freude gehabt.

Die Tafeln sollen künftig mit Markklößchen und Suppenknochen reichlich versorgt werden, weiß man doch, was man den Ärmsten der Armen schuldig ist. Der Slogan „Krankheit ist mir Wurscht" kommt gut an und die DLG hat Gerüchten zufolge bereits die erste Spender-Reste-Blutwurst mit dem goldenen DLG-Siegel geehrt. Künftig kommt also auch bei Hartz-Empfängern endlich wieder leckere, bezahlbare Wurst auf den Tisch.

Der Vorgang der Rohstoffbeschaffung soll künftig auch in Hollywood cineastische Beachtung finden. Es liegen bereits Anfragen für eine Kochshow „Cooking with Freddy Krueger" und „Hannibals Lean Cooking" vor. Lassen wir uns überrachen, was für Köstlichkeiten auf uns zukommen. Bon Appetit.

Prof. Dr. Dr. Doom - "Haus Seelenfrieden"

Extrablatt aus dem „Haus Seelenfrieden"

Evangelischer Kirchentag beschließt AfD-Boykott

27.09.2018

Auf den Podien beim 37. Deutschen Evangelischen Kirchentag 2019 in Dortmund werden keine AfD-Repräsentanten sitzen. Das hat das Kirchentagspräsidium in seiner Sitzung am 21. September beschlossen. Wir vom Haus Seelenfrieden können das voll und ganz nachvollziehen. Man fühlt sich im geselligen Miteinander frommer Leute durchaus zu Recht gestört, wenn es allenthalben nach Schwefel stinkt, wenn Hostien geschändet werden und Mutter Kirche verhohnepiepelt wird.

Wie soll man denn Jesu Fleisch essen und Jesu Blut trinken und aktiv Nächstenliebe, Sündenvergebung oder Militärseelsorge vollziehen, wenn das AfD-Gelichter unmündige Kirchenkindlein in den Bann ihrer satanistischen Sekte zieht? Das darf nicht sein.

Unerwarteter Weise hat nun sogar die katholische Kirche den Schulterschluss mit den Protestanten gefunden. „Das Gelichter hat in unserer frommen Gemeinschaft nicht zu suchen. Was weiß schon, was die mit den Kindern so alles treiben?" entsetzte sich unlängst Kardinal Juvenilius zu Recht.

Unsere Erkenntnis: Nächstenliebe ja. Viele unserer besten Freunde sind „Nächste". Aber DIESE „AfD-Nächsten" sind uns einfach nicht nahe genug. Möge Gottes Zorn sie mit aller Härte treffen. Amen.

Prof. Dr. Dr. Doom - "Haus Seelenfrieden"

Extrablatt aus dem „Haus Seelenfrieden"

CDU: Protestwähler sind auch Menschen

28.09.2018

Der neue Unionsfraktionschef im Bundestag, Ralph Brinkhaus, zeigt sich angesichts einer zunehmenden Spaltung der Gesellschaft besorgt und wirbt dafür, den Kontakt zu Protestwählern zu suchen.

Ralph Brinkhaus rät davon ab, Protestwähler zu verurteilen. Besser sei es, dem Pack, das sich erdreistet hat, NICHT die CDU zu wählen, aus christlicher Nächstenliebe und Güte heraus diese schwere Sünde zu vergeben.

„Wir müssen den Dialog mit den Menschen suchen, die zu den Protestparteien abgewandert sind", sagte der Lichtbringer der Union, dem es immerhin gelungen ist, den garstigen Kauder wieder in die Hölle zurück zu schicken, der er entsprungen isst.

Wir meinen: Die hehre Absicht adelt Sie, Herr Brinkhaus. Allerdings dürften Sie mit der Einschätzung ausgerechnet von „Protestwählern" den Hammer eher auf den Daumen als auf den Nagel getroffen zu haben. Wer aus Protest irgendwelchen Mumpitz wählt und glaubt, es damit den bösen Politikern mal so richtig gezeigt zu haben, der pinkelt sich auch selbst ins Bier, um es hinterher genussvoll selbst zu schlürfen.

Ihr Problem, lieber Herr Brinkhaus, sind nicht die Protestwähler. Ihr Problem ist der Mist, den die Politik verzapft hat und ohne den es überhaupt keine Protestwähler geben würde.

Und Ihr zweites Problem sind diejenigen, die sich bei ihrer Wahlentscheidung tatsächlich etwas denken. Solche Bürger (auch wenn sie nur schlicht bis einfach strukturiert denken), sind eben für jemanden, der eine ruhige Kugel auf der Kegelbahn der Politik schieben will, ungeeignet.

Dann wäre da noch das größte Problem: Die Nicht-wähler, die sich hartnäckig weigern, eine Wahl zwischen Pest und Cholera zu treffen.

Apropos Wahlen und das Wahlrecht. Das Bundesverfassungsgericht fordert deutliche Korrekturen am deutschen Wahlrecht. Die bisherige Fassung ist laut Karlsruher Urteil verfassungswidrig. Und da haben wir das nächste Problem. Was gedenken Sie diesbezüglich zu unternehmen? Nichts!

So eine Überraschung aber auch. Sie folgen lieber der beliebtesten Kanzlerin Deutschlands und morgen der ganzen Welt ergeben und devot in den Untergang der Republik. Peter Altmaier können Sie dabei nicht das Wasser reichen, denn da, wo der Peter steckt, ist schon lange wegen Überfüllung geschlossen. Da müssen Sie wohl eine Nummer ziehen und warten.

Unser Rat an Sie: Machen sie es wie ihre Kollegen. Erweisen Sie den Lobbyisten-Scharen im Reichstag die üblichen Gefälligkeiten und dann nichts wie ab auf ein bequemes Sesselchen in der Wirtschaft. Das klappt immer.

"Prof. Dr. Dr. Doom - "Haus Seelenfrieden"

Extrablatt aus dem „Haus Seelenfrieden"

CDU: Pattex für Merkel

28.09.2018

Götterdämmerung! Aufstand! Niederlage! Die deutsche Bundeskanzlerin Angela Merkel ist frustriert. Ihr engster Vertrauter, Volker Kauder, wurde als Chef der Unionsfraktion völlig überraschend abgewählt. Die Zeitungen schreiben bereits vom Ende Merkels. Was sind die Gründe für die historische Pleite?

„Das ist keine Pleite", soll die agile Dauerkanzlerin geäußert haben. „Wenn die alle nicht mehr mitspielen, dann regiere ich eben alleine. Basta!"

Die Klebemittelindustrie hat der Kanzlerin von Deutschland und morgen der ganzen Welt bestmögliche Unterstützung angeboten. „Die klebt felsenfest am Sessel – dank Pattex", war aus dem Hause Henkel zu hören, das schon immer eine große Sympathie für die ehemalige „Miss Darth Vader" gehegt hat. UHU, Ponal und Tesa stehen schon Kleister bei Fuß. Und da haben wir den Kleber-Salat. Denn auch die Pfannenhersteller würden die Teflonkanzlerin gern nach Kräften unterstützen, wäre da nicht der thematische Konflikt. TEFAL hat bereits förmlich Protest eingelegt. „Bei uns backt nichts an. Das ist Antihaft-Qualität."

Flutscht sie oder klebt sie? Das ist hier die Frage. Loyal bleibt jedenfalls der Bundesflutsch-Minister Peter Altmaier, der sich keinen schöneren Ort vorstellen könnte als den, in dem er gerade steckt. DAS ist wahrer Teamgeist. Weiter so, Peter.

"Prof. Dr. Dr. Doom - "Haus Seelenfrieden"

Extrablatt aus dem „Haus Seelenfrieden"

Steinmeier – Elitär und doch so volksnah

28.09.2018

Als Schirmherr der Aktion "Deutschland spricht" hat Bundespräsident Frank-Walter Steinmeier in einer Grundsatzrede vor 600 handverlesenen Gästen in Berlin sein Wort an die Bürger im Land gerichtet. Da es leider nur die besagten 600 Gäste und nicht die Bürger des Landes waren, die in den Genuss der Rede kamen, können wir nur aus dritter Hand die Inhalte an unsere Leserschaft kommunizieren. Ohrenzeugenberichten sagte der ergraute Wolf der Bundespolitik voller Vehemenz: „Laber Rhabarber Bli Bla Blubb!" und hätte es nicht schöner auf den Punkt bringen können.

Die Entscheidung, nur vor einem kleinen Kreis zu sprechen, lässt auf den ersten Blick vielleicht eine gewisse Distanz zum niederen Volk (Pack) vermuten. Aber wer das denkt, der täuscht sich. Bei den strapazierten Staatsfinanzen wäre eine Häppchenparty mit Kaviar, Hummer, Austern, Lachs und Schampus satt für den Pöbel nicht nur viel zu teuer geworden - die Hartz-Futter-Gewohnheitsköstler hätten mit den Delikatessen letztendlich nichts anfangen können. Und so wurde wenigstens den Gourmets bei Steinmeiers Leckerli-Party nicht der Appetit verdorben. Und für die Bürgerlichen, die auch mal über die Stränge schlagen wollen: Lesen Sie in unserer Koch-Kolumne: „Knäckebrot - Die edle Delikatesse für kleines Geld und kleine Leute."

Prof. Dr. Dr. Doom - "Haus Seelenfrieden"

Extrablatt aus dem „Haus Seelenfrieden"

1-2-3-4-5-6-7: Wo sind die nur abgeblieben?

28.09.2018

450.000 Ausländer sind entweder zur Festnahme, zur Abschiebung oder zur Feststellung des Aufenthaltes ausgeschrieben, so vorsichtige Schätzungen von Sicherheitsexperten.
Der Eine oder die Andere fragt sich natürlich: Wozu haben wir die teuer bezahlten 40.000 Mitarbeiter des ehemaligen Bundesgrenzschutzes, der heutigen Bundespolizei? Wäre es nicht eine nahezu revolutionäre Idee, die Herrschaften für ihr Geld arbeiten zu lassen? Allerdings hat das ja an den Grenzen auch nicht so richtig funktioniert. Was sagen denn Experten dazu?
„Man sollte das mal nicht so pessimistisch sehen", meinen Fachleute. Wie aus Zahlen aus Sicherheitskreisen hervorgeht, liegt die bundesweite Polizeistärke derzeit bei etwa 275.000 Stellen.
„Das passt doch ganz wunderbar. Das sind nicht einmal zwei Kunden pro Polizist – als kein Grund zur Panik! Wir schaffen das."
Dieser Optimismus freut uns natürlich. Natürlich stellt sich trotz allem die Frage nach dem „Wie", wenn die Vermissten einfach unauffindbar sind. Unlängst wurde vermutet, dass die Vermissten im Staatsauftrag die neuen Unsichtbarkeitsmäntel und Tarnumhänge der NATO testen würden. Doch mittlerweile gilt die These als widerlegt.
Nach unbestätigten Informationen aus Berlin wurden die „Untergetauchten" in irgendeinem Tiefgeschoss unter dem BER lokalisiert. Eine größere Pizza-

Bestellung von rund einer Million „Halal"-Pizzen half, den Verschollenen auf die Spur zu kommen, als ein Mitarbeiter der Sozialbehörden dank der Höhe der eingereichten Rechnung misstrauisch wurde.

„Ich dachte mir gleich, dass da etwas nicht stimmen kann. Als ich einen Lokaltermin machte, stand ich quasi vor verschlossener Pforte und sollte zehn Millionen Euro zur Rechnungsbegleichung im Briefkasten neben der Tür deponieren. Das hat mich dann misstrauisch gemacht."

Der renommierte Pizza-Bringdienst „Pizza Flizza Oriental" besteht trotzdem auf Begleichung des Gesamtbetrages und weigert sich hartnäckig, anzuschreiben. Man kenne schließlich seine Pappenheimer.

Was tun, sprach Zeus?

Die Polizei ist leider nicht in der Lage einzugreifen, da an der Tür zwei Zettel kleben, auf denen steht: „Alda...Du kommst hier nisch rein!" und „Bullenschweine draußen bleiben!"

„Da kann man leider nichts machen", teilte uns der Polizeipräsident mit. „Persönlichkeitsrechte!"

Prof. Dr. Dr. Doom - "Haus Seelenfrieden"

Extrablatt aus dem „Haus Seelenfrieden"

Erdogan-Pressekonferenz: „Schreibst Du Mistengülle – guckst Du voll krass doof!"

28.09.2018

Sicherheitsleute haben einen Teilnehmer der Pressekonferenz von Bundeskanzlerin Angela Merkel und dem türkischen Präsidenten Recep Tayyip Erdogan in Berlin des Saales verwiesen. Beim Betroffenen handelt es sich laut Sender Phoenix um den Erdogankritischen Journalist Adil Yigit. Yigit trug ein T-Shirt mit der Aufschrift "Pressefreiheit für Journalisten in der Türkei".

Der Mann ist eindeutig Satiriker und verdient daher unsere Sympathie. Vielleicht ein wenig zu provokant. Pressefreiheit in der Türkei? Starker Tobak. Da könnten wir doch gleich „Pressefreiheit für Deutschland" fordern. Machen wir aber nicht. Noch besser: „Meinungsfreiheit für alle". Oder aber, um es richtig auf die Spitze zu treiben: „Grundgesetz einhalten!" Aber da wollen wir doch mal nicht albern werden, oder?

Doch wir wären nicht wir selbst, wenn nicht der abendländische Keim der Versöhnung in uns Wurzeln schlagen würde. Wir haben eine Lösung gefunden, mit der alle gut und gerne leben können. Um zu vermeiden, dass es einen „Kollega in Satira" trifft, machen wir einen konstruktiven Vorschlag: Liebe Türkei. Wir behalten Adil Yigit und Du bekommst dafür Yücel, Böhmermann und die komplette BILD. Deal? Wir liefern auch prompt. Kannste glauben, Alda ey...

Prof. Dr. Dr. Doom - "Haus Seelenfrieden"

Extrablatt aus dem „Haus Seelenfrieden"

Erdogan: „Rettet die Menschenrechte"

28.09.2018

Die allseits beliebte „Kanzlerin der Schmerzen" von Deutschland und morgen der ganzen Welt, Angela Merkel, hat angekündigt, mit Erdogan auch Kritisches zu besprechen.

"Die Lage der Menschenrechte ist nicht so, wie ich mir das vorstelle", sagte sie am Donnerstagabend bei einer Veranstaltung der "Augsburger Allgemeinen". Jedoch müsse allen klar sein, dass die Türkei diesbezüglich kein Einzelfall sei. Schließlich gäbe es ja auch noch Deutschland.

Wir können in der Tat nur zustimmen. Wir wollen jetzt aber nicht das eigene Nest mit „N" (wie in Netzwerkdurchsetzungsgesetz) beschmutzen oder das Spinnen-„N"etz der subtilen deutschen Massenmedien bekritteln. Schließlich bietet uns unserer Vorzeige-Demokratie mit angegliedertem Rechtsstaat eine solide Basis für ein Land, in dem wir alle gut leben.

Vor dem Besuch Erdogans soll der Bundeskanzlerin einem türkischen Medienbericht zufolge eine "Warnliste" mit 69 „Gefährder-Namen" übergeben worden sein. Uns liegt eine Kopie des Manuskripts vor.

Allerdings irritieren uns die Namen, die nicht wirklich osmanisch klingen, weshalb wir vorsichtige Zweifel an der Authentizität der Unterlagen hegen.

Wer von unseren werten Lesern schon die Namen Maas, Gabriel, Steinmeier, Altmaier, Seehofer, Özdemir, Roth und Söder gehört haben sollte, der informiere bitte SOFORT den BND.

Man muss der Gefahr Einhalt gebieten - und zwar rechtzeitig. Wir können uns freuen, dass der umtriebige Potentat der Potentaten aus Ankara uns beim Kampf gegen „Gefährder" so tatkräftig unterstützt. Nur so geht internationale Zusammenarbeit auf höchster Ebene.

Doch es gibt auch Versöhnliches und Verbindendes. Der DFB erwägt, der Türkei den im internationalen Vergleich hochdotierten türkischen Spitzenfußballer Özil zu überlassen und der Türkei einen Obolus von 100 Millionen Euro als Transferleistung zu stellen. Im Austausch könnte man für weitere 100 Milliarden Euro die Fachkräfte erhalten, die Deutschland so dringend benötigt.

Die deutsche Landwirtschaft benötigt 20 Millionen Erntehelfer für die bundesdeutschen Bananenplantagen. Doch woher nehmen? Da ist guter Rat teuer.

Auch das Programm „Mein Kumpel, der Blockwart", von dem sich die Bundesregierung in Zusammenhang mit dem Verfassungsschutz die Vollbeschäftigung erhofft hatte, kommt nicht ins Rollen, da sich die Deutschen der perspektivreichen Maasnahme einfach nicht öffnen wollen.

Türkische Sicherheitsexperten werden den unwilligen Arbeitsverweigerern im Rahmen eines internationalen Polizei-Austauschprogramms umgehend die Flötentöne beibringen. Schließlich gab es in der DDR mal ein Grundrecht auf Arbeit. Und Arbeitsrecht ist Arbeitspflicht, Ihr faulen Luschen. Als nichts wie ran und angepackt.

Prof. Dr. Dr. Doom - "Haus Seelenfrieden"

Extrablatt aus dem „Haus Seelenfrieden"

Berlin: Bildung voll für'n Arsch, Alda ey.

30.09.2018

Die Vergleichsarbeiten Berliner Grundschüler sollten geheim bleiben. Aber Diskretion kennt ja heutzutage niemand mehr. Die Katze ist aus dem Sack: Drei Viertel der 24.000 Berliner Grundschüler schaffen nicht den von der Kultusministerkonferenz gesetzten Regelstandard im Bereich der Rechtschreibung. Die Hälfte bleibt sogar unter den Mindestanforderungen.

Das Problem ist vielleicht weniger die deutsche Sprache, die in Berlin schon immer etwas vernachlässigt wurde, wie spätestens seit Zille bekannt sein sollte. Aber was machen wir, wenn Drittklässler das beliebte „Neudeutsch" nicht beherrschen? Wie soll noch gepflegte Kommunikation stattfinden, wenn liebgewonnene Redewendungen wie „Alda…isch fick Dein' Mudda", „Isch mach Disch platt, Du Opfa", „Bück Disch, Bitsch" oder „Isch weiß, wo Dein Haus wohnt" nicht mehr korrekt vermittelt werden können? Was sollen Mobbing-Zettelchen oder Emails bewirken können, wenn der Empfänger nicht in der Lage ist, sie zu lesen, weil der Absender mit Drei-Buchstaben-Wörtern überfordert ist?

Es ist höchste Zeit, dass die Lehrer die alten Qualitätsansprüche in Bezug auf die Sprache in Wort und Bild wieder umsetzen, damit die Kindlein auch morgen noch ihr fröhliches „Fick Disch" über den Schulhof rufen können.

Prof. Dr. Dr. Doom - "Haus Seelenfrieden"

114

Extrablatt aus dem „Haus Seelenfrieden"

Rom: Apage Satanas

30.09.2018

Papst Franziskus hat die mehr als eine Milliarde Katholiken in aller Welt zu einem täglichen Gebet Schutz der Kirche vor dem Teufel aufgefordert.
Wir müssen erschüttert feststellen, dass der Pontifex dringend auf die Couch eines guten Therapeuten gehört. Verbot von Verhütung? Passt scho. Spaß mit Kindern? Essigschwamm drüber. Aber Satanas den Kampf ansagen? Irgendwann muss es doch mal gut sein, Kollegen.
Wenn der Unheilige Vater zu Rom und Stellvertreter Luzifers auf Erden eine Opposition gegen Big-Daddy ins Leben ruft, sind das postpubertäre Anwandlungen, die in diesem speziellen Fall bedenklich stimmen. Aus psychologischer Sicht MUSS sich das Kind irgendwann gegen seinen Vater auflehnen. Aber dafür ist der Pontifex doch nun wirklich etwas zu alt. Oder möchte er seinen Untergeben im Geiste künftig die schönen Bräuche schwarzer Messen, gegenseitiger Geißelungen, gepflegter Zutraulichkeit unter Brüdern oder gar die geistige und körperliche Spezialbetreuung von unmündigen Kindlein verwehren?
Religion braucht Planbarkeit und Zuverlässigkeit, Herr „Irdischer Stellvertreter". Also frisch, fromm, fröhlich frei ans Werk, ein Portiönchen Jesu Fleisch und Blut delektiert und nicht geschwächelt. Millionen Menschen verlassen sich auf Dich, Papa. Amen.

Prof. Dr. Dr. Doom - "Haus Seelenfrieden"

„Extrablatt aus dem Haus Seelenfrieden"

Nie wieder pleite dank Soros und Schwartz-Geld

01.10.2018

Was haben Nationalstaatengegner, Klimaretter, Politiker, Organisatoren der Völkerwanderungen und Medien gemeinsam? Richtig. Den großen Humanisten George Soros alias György Schwartz aus dem schönen Ungarn. Und ist die Börse noch so klein, so steckt der György Schwartzgeld rein. Sollte das dann noch nicht reichen, geht er auch mal über Leichen.

Der als Humanist bekannte Unterstützer des Kampfes gegen die Armut von chronisch geldknappen Politikern und Medienleuten ist wieder auf Einkaufstour. Gerüchten zufolge hat der Schmiermittel-Lieferant, der Rothschild sei Dank über eine quasi unbegrenzt gefüllte Brieftasche verfügt, alles unter Vertrag, was im öffentlichen Bereich kreucht und fleucht.

Ob Kurz ob klein, dick oder dünn, dumm oder dümmer - des Finanz-Höllenfürsten Rothschilds Adlatus Soros kauft sie im Dutzend oder besser noch im Gros. Ob Greta, Greenpeace, Amnesty, Muslim Students, Jewish Women, Taliban und KuKluxClan...für alle hat der gute Mann gute Gaben aus der mit größtmöglicher Güte gefüllten Brieftasche. Und wie wird es ihm gedankt? Überhaupt nicht. Wir müssen unseren guten Kumpel und Menschenfreund loben. Nur wenige setzen sich wie er für die Abschaffung von Nationalismus, Aufruhr, Unruhe, Individualität, Bildung und hinderlicher Intelligenz ein. Aus einem bedeutenden amerikanischen Verlagshaus ereilte uns unlängst unter dem Mäntelchen der Verschwiegenheit die In-

116

formation, dass der rüstige Senior gerade an seinen Memoiren arbeite. Der Arbeitstitel „Mein Kampf" konnte ihm allerdings nicht zugesprochen werden, da die Urheberrechte anderweitig vergeben waren. מוות הגויים לכל lautet der aktuelle Arbeitstitel.

Derzeit sucht der wackere Streiter für die globale Veränderung nach Sammel-Alben, die groß und dick genug sind, um seine Einkäufe ordnungsgemäß katalogisieren und verwahren zu können. Ein Politiker vom Format eines Peter Altmaiers beansprucht eben viel mehr Stauraum als ein Amthor oder Kurz.

„Arbeit. Nichts als Arbeit!" kommentierte Soros unlängst mit dunklen Ringen unter den Augen. Hätte ihn nicht permanent der Duft glimmenden Schwefels umwabert, so hätten wir gemutmaßt, dass dem guten Mann die Energie ausgegangen wäre. Aber es besteht keine Gefahr. Aus zuverlässiger Quelle haben wir erfahren, dass Soros in einem Militärlabor bei Tel-Aviv 1.000 Klone in Arbeit hat. Bei programmgemäßem Verlauf wird er uns also ewig erhalten bleiben.

Der Einsatz des ersten Nachfolgers der Generation Soros 1.0 wird noch auf sich warten lassen müssen. Der rüstige 88-jährige Philanthrop hält sich mit einem abendlichen Schoppen jungen Blutes und Stammzellen aus Kinderkliniken fit, auf dass uns das Original nicht verloren geht. Ähnlich wie die Queen, Prinz Philipp, Rothschild, Königin Beatrix und die vielen anderen. Es wäre schade, auf sie zu verzichten. Aber Steuergelder sei Dank werden wir noch lange Spaß mit ihnen haben. Das haben WIR gemeinsam möglich gemacht. Wir, die kleinen Leute. Und da sage jemand, wir könnten nichts bewirken.

Prof. Dr. Dr. Doom - „Haus Seelenfrieden"

Extrablatt aus dem „Haus Seelenfrieden"

Chemnitz: „Braune Zellen" entdeckt

02.10.2018

Niemand hätte es nach den Erfahrungen aus der Vergangenheit vermutet: Deutschland wird braun.
Anscheinend haben die deutschen eine fatale Neigung zu der schrecklichen Farbe. Egal ob Braunkohl, Braunschweig oder im Solarium - überall steckt die Teufelsfarbe. Und am allerschlimmsten ist es im Osten der Republik. Untersuchungen haben ergeben, dass Chemnitz eine Brutstätte brauner Zellen ist. Aber auch in Köthen, Dessau, Gera und Schmalkalden wurde der Schrecken durch unsere tapferen Ordnungshüter lokalisiert.
„Wir wussten nicht, dass es so schlimme Ausmaße angenommen hat", teilte uns der Leider des Klärwerks von Frankenhausen/Erzgebirge mit. „Alles braun…es ist einfach schrecklich. Und es wird stündlich mehr!"
Unsere Nachfrage bei der ortsansässigen Polizei nach Lösungsstrategien wurde bisher nicht beantwortet. Das zeigt, wie schlimm es tatsächlich um unser Land bestellt sein muss. Wir haben uns einen Überblick bezüglich des höchst unappetitlichen Themas der „Braunen Zellen" verschafft. Tatsächlich - sie sind überall und sogar namentlich bekannt.
Escherichia coli – auch Kolibakterium genannt - ist ein Bakterium, das im menschlichen und tierischen Darm vorkommt. Diese fiese „Braune Zelle" gilt als Fäkalindikator. Und da haben wir sie wieder, die bekannte braune Suppe. Aber wie werden wir das „Nazi-Bakterium" wieder los?

Unsere Anfrage beim Bundesinnenministerium wurde nur hinter vorgehaltener Hand kommentiert: „Alle wegsperren. ALLE!"
Unbestätigten Informationen zufolge ist eine Rasterfahndung angedacht: Alle Besitzer von Waffen wie Messer, Gabel, Schere, Licht stehen im Fokus der Ermittler. Bürger mit E-Coli-Befall, die nicht nachweisen können, die Kanzlerin zu verehren, die Regierungspolitik aktiv zu unterstützen oder inoffizieller Mitarbeiter des Verfassungsschutzes zu sein, sollten sich schon einmal auf 6 Monate Umerziehungslager in der ehemaligen LPG „VEB Schweineglück" einstellen. Danach sollte jedem Rechts-Exkrementisten endgültig die Lust auf die braune Gülle vergangen sein.
Ich verabschiede mich mit einem fröhlichen „Piep piep piep...ich hab' die Merkel lieb" und hoffe, auch weiterhin für das Land, dem wir alle gut und gern leben, schreiben zu dürfen.

Prof. Dr. Dr. Doom - "Haus Seelenfrieden"

Extrablatt aus dem „Haus Seelenfrieden"

Der Sultan ruft – Heim ins Reich

02.10.2018

Das gütige Staatsoberhaupt der Türken hat ein altes Konzept unserer Altvorderen wiederentdeckt. Kaum hat Erdogan Deutschland wieder verlassen, schon legt der türkische Präsident ein Konzept zur Familienzusammenführung vor und regt die Heimreise von 136 Menschen aus Deutschland an. Der Lord vom Bosporus setzt damit auch ein Signal für 3,5 Millionen heimatverbundenen Türken, die in Deutschland so weit entfernt von ihrer Heimat ein Dasein der kulturellen Entfremdung fristen müssen. Auch in Bezug auf die kurdischen Gäste unseres Landes wäre es ein Zeichen von gutem Willen und Integrationsbereitschaft. Liebe Osmanen. Wir werden Euch und die hübschen roten Fahnen, die Ihr so liebevoll hegt und pflegt, vermissen. Aber nur so habt Ihr die Möglichkeit, Eure kulturellen Wurzeln am Ort ihres Ursprungs zu pflegen und Eure Verehrung des türkischen Regierungschefs angemessen zu demonstrieren.
Es war eine schöne Zeit mit Euch. Wir müssen unbedingt in Kontakt bleiben. Wenn ihr Lust haben solltet, seid Ihr als Urlauber hier in Deutschland jeder Zeit willkommen. Es warten jederzeit die deutsche Gastlichkeit, ein gemütliches Hotelzimmer, ein gepflegtes, kühles Blondes und ein leckeres Schnitzel auf Euch. Dostluk.

Prof. Dr. Dr. Doom - "Haus Seelenfrieden"

„Extrablatt aus dem Haus Seelenfrieden"

„Haus Seelenfrieden" Kultfilm - Der Geierwally

03.10.2018

Rechtzeitig zu Weihnachten kommt er in die Kinos, der neue Film der Berliner Filmemacher A. Schleim und K. Buckel, die beinahe von der UfA unter Vertrag genommen worden wären. Es handelt sich um eine geniale Neufassung des Klassikers „Die Geierwally". Franky Wally ist als depperte Ziehsohn des reichen Bürgermeisters des Tals, dem geldgierigen Schroderick Froderick, aufgewachsen. Die Mutter hat kurz nach der Geburt die Flucht ergriffen. Der Vater sieht in Wally Potenzial und erzieht ihn in seinem Sinne, damit der Bub es später einmal zu etwas bringen wird. Als im Dorf wieder einmal Wahlen sind, traut sich niemand der Wähler an die Urne, weil Wally mit seinen schwarzgekleideten Kumpanen keinen heran lässt, der den Wahlzettel nicht wie befohlen politisch korrekt ausgefüllt hat. Bürgermeister Schroderick Froderick lacht sich über die Feiglinge im Dorfe schlapp und gewinnt dank der Hilfe Wallys erneut. „Eines Tages bringe ich Dich ganz groß heraus, Junge", verspricht er ihm. Wally geiert Tag und Nacht nach dem Amt der Ämter, das ihn noch berühmter werden lassen soll als den Vater. Daher wird der Bursche von allen nur noch der Geier-Wally benannt. Ob ihm wohl der große Coup gelingen wird? Der neu belebte Filmklassiker ist Spannung pur und ein riesiger Spaß für die ganze Republik. Also: Ab ins Kino.

Prof. Dr. Dr. Doom - „Haus Seelenfrieden"

„Extrablatt aus dem Haus Seelenfrieden"

Liedgut: Ja im Bundestag morgens um zehn.

Auf Wunsch unserer geneigten Leserschaft haben wir
beschlossen, einen Klassiker zum Mitschunkeln zu
spendieren. Die Melodie kennen alle von Hans Albers
und der Reeperbahn. Viel Spaß damit.

Aus den Taschen springen Gelder
Vom Steuerzahler angeschafft
In Berlin ist nichts zu teuer
Taschen werden vollgerafft
Wohin geht nur all der Segen
Aus der ganzen Sklaverei
Eingesammelt von den Behörden
Von Bürgern die nicht frei

Bürger Du darfst wählen
Wer soll quälen Dich aufs Blut
Wer soll nur all Dein Geld verprassen
Wen sollst hassen Du voller Wut?
Deine Rechte die kommen weg
Meinungsfreiheit adieu
Pressefreiheit wird kernzensiert
Kein Schwein braucht die.

Ja im Bundestag morgens um 10…
Wirst Du kaum `nen Politiker sehn
Denn der schläft gern aus
Oder bleibt zu Haus
Doch man wird die Diäten erhöh'n
Politik macht man weil es sich lohnt
Keinen Cent Steuergelder verschont

Klopp's zum Fenster raus
Gib's für Plunder aus
Volksvertreter Du hast es voll drauf.

Deutschland wird bald zur Geschichte
Schiedsgerichte und EU
Werden uns gepflegt rasieren
Und der Bürger der schaut zu
Ohne Rente da lebt es sich schlecht
Malochen bis zum bitteren Tod
All Deine Rechte sind abgeschafft
Du dummer Vollidiot.

Kommt Ihr Lobbyisten
Bringt uns Kisten voller Geld
Wir lassen dann die Korken knallen
Weil uns Reichtum gut gefällt
Waffenhandel und Kriegsgeschrei
Migranten machen uns reich
Krieg gegen Russland für Uncle Sam
Uns ist das gleich

Ja im Bundestag morgens um 10...
Wirst Du kaum `nen Politiker sehn
Denn der schläft gern aus
Oder bleibt zu Haus
Doch man wird die Diäten erhöh'n
Politik macht man weil es sich lohnt
Keinen Cent Steuergelder verschont
Klopp's zum Fenster raus
Gib's für Plunder aus
Volksvertreter Du hast es voll drauf.

Prof. Dr. Dr. Doom - „Haus Seelenfrieden"

„Extrablatt aus dem Haus Seelenfrieden"

Die neue Haustiersteuer

Jeder Hundefreund kennt das Problem Hundesteuer. Jeder, der sich die Gesellschaft eines dieser Vierbeiner gönnt, wird zur Ader gelassen. Politiker aller Fraktionen sind sich einig: „Das ist ungerecht!"
Warum sollten Katzenbesitzer besser gestellt sein? Was ist mit den Haltern von Kaninchen, Hamstern, Ratten, Mäusen und anderem possierlichen Getier? Warum werden die nicht zur Kasse gebeten?
Daher ist eine universelle Haustiersteuer in Arbeit, die für Gleichheit und Gerechtigkeit sorgen soll. Betroffen sind alle und das ist gut so.
Schwierig wird es bei der Bestandaufnahme der besonders kleinen Kleintiere wie Motten, Mücken, Ameisen, Spinnen und was noch so alles in der Durchschnittswohnung anzutreffen ist. Doch wie bewertet man eine Ameisenfarm steuerlich? Außer Frage steht: Wer Lebensformen Asyl gewährt und ihnen Wohnrecht einräumt, der muss blechen.
Die neue staatliche Einrichtung „Steuerrelevante Tierhaltung als soziale Institution", kurz S.T.A.S.I, soll die Überwachung der korrekten Anmeldung der künftig meldepflichtigen Tiere durchführen. Es werden voraussichtlich eine Million Sozialtransferempfänger zwangsverpflichtet werde. Die künftigen Tier-Blockwarte sollen ihre Tätigkeit diskret aufnehmen, im Fall der Fälle aber brutal wie die Mitarbeiter der GEZ vorgehen. Der Jubel in der Politik ist groß - endlich wieder Einnahmen. Die Diäten sind gesichert.

Prof. Dr. Dr. Doom - „Haus Seelenfrieden"

Extrablatt aus dem „Haus Seelenfrieden"

Chemnitz: Munitionsfunde bei Rechts-Terroristen

03.10.2018

Durch den Einsatz diverser sächsischer Polizei-Hundertschaften konnten Rechtsextreme in letzter Minute von Straftaten abgehalten werden.

„Es war wirklich erschütternd", so ein teilnehmender Polizist. Der einsatzerprobte Streiter für Recht und Ordnung wird noch längere Zeit der psychologischen Hilfe von therapeutischen Fachkräften bedürfen.

„Zuerst dachten wir, es wären nur Wattebäusche. Doch dann kamen auch Puderquasten ans Tageslicht. Und als wir dachten, dass es nicht noch schlimmer kommen könne, entdeckten wir in einem der Kinderzimmer Zündplättchen, Streichhölzer, eine scharfe Wasserpistole und eine Zwille. Da wussten wir, dass wir, dass wir auf der richtigen Spur waren. Mit dem Auffinden der Plastikmesser- und Gabeln haben wir den Neonazis unermesslichen Schaden zugefügt."

Dank verschiedener Hinweise von inoffiziellen Mitarbeitern des Verfassungsschutzes wurden inzwischen im Umland weitere Waffenlager aufgespürt und beschlagnahmt. Zahlreiche Spielwarengeschäfte wurden geschlossen und die Betreiber wegen des Besitzes und Verkaufs von Knallerbsen verhaftet.

Unser Kommentar: Liebe Polizeikräfte! Ihr seid Helden. Unser Dank gilt Euch und Euren Familien, die Euch so wacker im Kampf gegen Nazis, Reichsbürger und anderes rechtsextremes Gelichter unterstützen und an jedem neuen Tag erneut der Bedrohung ins Gesicht schauen müssen. Lasst Euch nicht unterkriegen. Eines Tages werden alle im Land verstehen, was Ihr für uns geleistet habt. Weiter so.

Prof. Dr. Dr. Doom - "Haus Seelenfrieden"

Schlusswort: Wir, die Streiter für die absolute Wahrheit und nichts als die Wahrheit aus dem „Haus Seelenfrieden" verabschieden uns für dieses Mal und hoffen, dass die Nachrichten weiterhin so positive Resonanz erfahren wie es bis dato Online der Fall ist. An Vorlagen für die Artikel herrscht kein Mangel, da die Absurditäten aus Politik und Wirtschaft täglich Zuwachs zu verzeichnen haben.
Solange die Kanzlerin der Schmerzen und ihr Hofstaat regieren, herrscht zumindest kein Mangel an Unterhaltung. Demnächst im Buchhandel des Vertrauens gibt es dann die Fortsetzung, die sinniger Weise den Titel „Extrablatt II" tragen wird. Auf Wiederlesen.

Beste Grüße aus der Redaktion

Prof. Dr. Dr. Doom

„Echte Männer essen keinen Tofu"

…ist das ultimative Buch für richtige Männer und diejenigen, die es noch werden wollen. Es eignet sich auch als Lektüre für Frauen, die tatsächlich den Wunsch verspüren, endlich das andere Geschlecht verstehen zu können.

Nichts wie raus aus dem politisch korrekten Gender-Wahnsinn und hinein in die Welt männlichen Schaffens, Vergnügens und allgemeiner Heiterkeit.

Es tut gut, ein Mann zu sein.

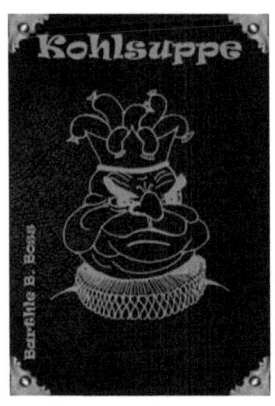

Die Reichshauptstadt Ogersheim wird belagert. Regent, Kanzler und Pfalzrat stehen einer alten Hinterlassenschaft der Ostlande hilflos gegenüber. Der berühmte Zauberer Aegidius und sein Lehrling Bernward ziehen aus, um das Reich zu retten. Doch alles nimmt einen anderen Verlauf als geplant.

Wer steckt hinter der Bedrohung? Welches Spiel treiben die Grafen Gerhard, Oskar und Rudolf? Was führen „die kleine M" und die Ost-Stapo im Schilde? Wie gefährlich können Zauberbücher sein? Was sind die beruflichen Perspektiven für Hexen? Wer wird den Wettstreit um das Kanzleramt gewinnen?

Es gibt nur einen Weg zu den Antworten: Lies das Buch!

„**Ölfritten**" ist nach „**Kohlsuppe**" der zweite Teil der Ogersheim-Trilogie und ein Zauberbuch politisch völlig inkorrekter Fantasy. Der Reichskanzler, vom Volke als Graf Ölkopf geschmäht, befindet sich im harten Kampf mit alten Freunden und neue Feinden. Die Interessen, denen er gerecht werden muss, sind vielfältig und kontrovers. Wieder kommt es zu einer Bedrohung durch ein magisches Relikt aus den Ostlanden, das schon zu Zeiten von „Eric dem Roten" berüchtigt war.

Und dann steht auch noch der Wettkampf um die Ogersheimer Wurstkrone vor der Tür.

Politik trifft auf Wirtschaft, Ostalgie auf Nostalgie, Zauberei auf Technik, Hochfinanz auf ahnungslose Bürger, die aktuellen Berichte der Stiftung Zaubertest verschönen das Leben und inmitten des Chaos versucht die durchtriebene „M", Reichskanzlerin anstelle des Reichskanzlers zu werden. Das Buch ist ein Feuerwerk aus rabenschwarzer Tinte und Unterhaltung pur von Alpha bis Omega.

Goldbroiler ist nach „Kohlsuppe" und „Ölfritten" der finale Band der Ogersheim-Trilogie.

Die allseits unbeliebte Reichskanzlerin der Schmerzen und ihre Vasallen leisten ganze Arbeit. Merkwürdige Dinge passieren im Reich.
Was sind das nur für seltsame Leute in den merkwürdigen Nachthemden, die in Heerscharen das Reich heimsuchen? Wer ist der geheimnisvolle Barde, der kübelweise Hohn und Spott vergießt? Was haben die Hofzauberer der großen "M" geplant? Gibt es tatsächlich Krieg mit dem Zaren von "Borscht"? Es wird turbulent in Ogersheim. Der Rat wird akademisch. Und dann auch noch OSDS – Ogersheim sucht den Supersänger.

Das Buch bietet ein rasantes Finale und die Antwort auf die Frage: Wie rettet man das Reich und wird die „Große M" nebst ihre Vasallen wieder los?

Gallenextrakt

Was haben „Der schwedische Albtraum", „Malta sehen und sterben", „Hasenjagd", „Uschis Krabbelgruppe", „Lego Brutal", „Politisch korrektes Weihnachten" und „Sex'n Drugs'n Rock'n Roll" gemeinsam?
Sie sind ein Teil dieses Buches mit 32 miesen, fiesen, kleinen, feinen und gemeinen Kurzgeschichten und einem Lied aus der spitzen Giftfeder von Barthle B. Boss.

Boshafte Unterhaltung vom Feinsten mit einer ordentlichen Spur Zersetzung und garantiertem Spaßfaktor, eingelegt in bestem Gallenextrakt.

Wer das nicht liest...ist selbst schuld.

Die erste ist die schwerste...

Dieses Buch ist eine Million Dollar wert.
Es liefert auf unterhaltsame Art die einzige,
garantiert funktionierende Strategie zum Aufbau
der ersten Million und beantwortet eine mehr
denn je aktuelle Frage:
Wie schütze ich mein Kapital in Krisenzeiten?

Viel Spaß beim Lesen und noch
mehr Erfolg wünscht

Barthle. B. Boss